En attendant le roi du monde

OLIVIER MAULIN

En attendant le roi du monde

roman

L'Esprit des péninsules

En couverture : Fernand Léger, *Les Constructeurs*, 1951. Menil Collection, Hosuton, D.R.
Conception graphique : Fabien Jékot

L'Esprit des péninsules
4, rue Trousseau, 75011 Paris
Tél. 01 49 23 97 44
www.espritdespeninsules.com
Diffusion et distribution : Harmonia Mundi

À Claire

Et que veux-tu faire ? Tu erres !
Et verse du vin, gros veau !

Anonyme (XVe siècle)

PREMIÈRE PARTIE

Colons et autres nomades

0

Vingt-trois heures de bus — puanteur d'une Portugaise — immigré — les Portugais se rincent l'œil — Ana délire — joie dans le bus — les Portugais se lâchent — les arrêts — rencontre de Lucien — il tient un petit carnet — les chauffeurs sont dangereux — puanteur générale — dans la montagne — vomissement d'une petite fille — le chauffeur est foutu — les toilettes sont bouchées — apocalypse — arrivée à Lisbonne — bienvenue.

Nous avons passé vingt-trois heures dans ce bus.

Devant nous, une vieille Portugaise avait eu l'audace, en pleine nuit, de se mettre du déodorant sous les bras. Le mélange du parfum avec sa propre puanteur avait engendré une réaction chimique redoutable qui libérait les mêmes senteurs que celles de la morue qui se décompose sous le soleil de midi. Je me mangeais les poings derrière et je pleurais à chaudes larmes. Deux fois, je m'étais levé, les bras tendus, dans la ferme intention de lui crever les yeux, de l'étrangler et de la balancer par-dessus bord. C'était un martyre, ni plus, ni moins. Ana, qui dormait à côté de moi, devait faire des cauchemars épouvantables et rêver qu'elle vomissait toutes ses tripes ; sa glotte descendait et remontait très vite et elle sécrétait beaucoup de salive, qu'elle bavait d'ailleurs, en minces filets élastiques.

C'est elle qui avait eu cette idée foireuse. Elle était d'origine portugaise et comme les choses n'allaient pas brillamment à Paris, elle avait pensé « rentrer au pays ». Elle disait que le Portugal était un pays riche, forte croissance, pas de chômage, que bientôt il dépasserait la France, etc.

– Je *prévois* des milliers d'immigrés français au Portugal, disait-elle.

– Plus on ira tôt, plus on a nos chances, disait-elle.

– La France, c'est le passé, disait-elle.

– On est des colons, disait-elle encore.

Ma grande faiblesse avait été de ne pas lui avoir mis une grande claque sur le museau pour la refroidir à temps dans ses ardeurs. Au lieu de cela, j'avais acheté des grandes valises, je m'étais exalté, on a tout liquidé et un matin nous sommes allés porte de Bagnolet, nous avons pris un bus pour Lisbonne et quand il a démarré, Ana a dit qu'on était des précurseurs et elle a pleuré.

Cette conne m'avait transformé en immigré.

Le bus était bourré de Portugais qui rentraient chez eux pour les vacances. Ana leur expliquait que nous étions nous aussi des immigrés, tout frais et complètement novateurs. Elle disait qu'elle était doublement immigrée, en France d'abord, par ses parents, au Portugal ensuite, par sa volonté, elle était toute contente, elle disait :

– Je suis immigrée partout ! Immigrée toujours !

Les Portugais acquiesçaient poliment. Les vieux louchaient dans son décolleté à s'en décoller la rétine. Je regardais par la fenêtre en soupirant.

– On est tous citoyens du monde…

– *Sim, Sim*… disaient gravement les Portugais.

Comme à son habitude, Ana était habillée de telle façon que l'on pouvait, sans beaucoup d'efforts, voir la moitié de ses seins. Avec un peu de hauteur, on en voyait probablement la totalité. D'ailleurs les vieux se levaient les uns après les autres. Ils se dégourdissaient les jambes… l'arthrite… on n'avait pas quitté le périphérique… Les vieilles assassinaient Ana du regard. Quelques claques volaient sur les crânes déplumés. Il y avait un bouchon dans l'allée, à notre hauteur. Cette pipelette était devenue l'attraction du bus :

– Ça va faire du bien à Romain… Il est trop français… Pas assez citoyen du monde…

Elle me montrait du doigt. Je ne décollais pas le nez de la vitre et n'espérais déjà plus qu'une seule chose : que le chauffeur baisse le chauffage, qu'on se les pèle un bon coup, qu'elle mette un pull-over et qu'on puisse enfin voyager tranquillement.

– Faire fortune au Portugal… Rentrer dans dix ans… Acheter des maisons sur la côte…

Même les vieilles se bidonnaient à présent. J'en entendais une, derrière, qui répétait « faire fortune au Portugal » toute guillerette, faisant siffler son groin et se tapant les cuisses.

– Romain fera un très excellent immigré, disait-elle, cette demi-folle.

Elle avait mis de la joie dans le bus.

La vieille carne juste devant nous, celle précisément qui se mettra à puer si fort dans la nuit, se retournait et me faisait des sourires familiers. Les gens nous trouvaient sympathiques. Ils étaient fiers que deux illuminés émigrent dans leur pays nabot. Ils en rajoutaient ; on avait droit aux fameux navigateurs, au Portugal éternel, trémolos dans la voix, la conquête des mers, le cap des tempêtes, l'âme portugaise... J'avais peur qu'il y en ait un qui se lâche soudain et entame un fado... On sait quand ça commence le fado, on sait pas quand ça s'arrête... Vingt-trois heures de bus... Les vieilles commençaient à choper la *saudade*. Elles sortaient les mouchoirs... ça faisait pouët un peu partout.

– Pays d'avenir ! disait Ana.

– Plus beau pays du monde ! répondaient les Portugais.

– Pouët, disaient les Portugaises.

Tout cela annonçait un voyage vraiment pénible.

Le bus s'arrêtait à peu près toutes les trois heures dans des gares sordides où l'on pouvait boire et manger. C'est au cours d'un de ces arrêts que j'ai rencontré Lucien. Il voyageait dans le même bus que nous, mais tout devant, à la toute première place, celle d'où on voit la route.

– C'est un criminel, tu vois ? Un dingue complètement... dangereux... Tu saisis ?

Il parlait du chauffeur qui, paraît-il, doublait dans les virages et marmonnait des choses étranges entre ses dents.

– C'est un peu comme de la magie, tu vois ? Quand il double, il marmonne, tu saisis ? On est dans la main du diable, mec.

Lucien tenait un petit journal des infractions commises depuis le départ de Paris. Sur un carnet, une page vierge par chauffeur, il notait tout dans le moindre détail. Il m'a montré la feuille qui correspondait au chauffeur actuel, celui qui devait nous conduire jusqu'à la frontière espagnole.

– Crois-moi si tu veux, camarade, ce type est un véritable psychopathe.

Je hochais la tête en silence. Sur le calepin, il y avait des petits dessins explicatifs, des flèches et des légendes, pour que tout soit bien clair. Et c'était clair en effet. J'ai demandé à Lucien s'il voulait boire un grand cognac :

– C'est tout ce que j'ai trouvé pour essayer de dormir dans ce foutu bus.

– C'est pas bête...

J'ai commandé deux doubles cognacs au moment où le chauffeur klaxonnait pour appeler les passagers. Nous les avons bus cul sec en grimaçant et sommes retournés nous asseoir. En passant, j'ai toisé le chauffeur. Il avait en effet la gueule d'un mec qui se fout exprès dans les platanes. Ana faisait une orgie de sandwichs à la morue que lui offraient ses nouveaux amis. Elle était assise en tailleur, pieds nus, des miettes de pain sur son survêtement blanc en coton. Le bus a démarré, les lumières se sont éteintes, je me suis penché dans l'allée et j'ai vu Lucien collé à la vitre, son petit calepin à la main ; les chauffeurs n'ont qu'à bien se tenir, ai-je murmuré. Ana m'a demandé si je voulais un bout de sandwich ou un biscuit breton pur beurre.

– Non merci, Ana, je ne veux rien.

En vérité, j'aurais bien repris un double cognac, cul sec.

Je ne sais pas si on était encore en Espagne ou déjà au Portugal. La nuit s'achevait dans la puanteur. L'aube pointait. On roulait à fond dans la montagne. Les lacets succédaient aux lacets. Une petite fille à l'avant du bus a soudain vomi sans rien dire. Le chauffeur qui avait pris la relève était encore plus maniaque. Lucien avait quatre pages remplies d'infractions, les unes plus criminelles que les autres. Aux arrêts, il me montrait l'évolution des dégâts. Il avait les yeux rouges.

– T'as le cœur bien accroché ?

– O.K., vas-y, je suis prêt.

Il me tendait les feuilles que j'examinais scrupuleusement. Il utilisait un stylo rouge quand c'était trop monstrueux. Un dessin représentait deux voies. Une voiture serrait à droite, deux roues sur le bas-côté ; une autre, arrivant en contresens, serrait sur sa droite à elle. Le bus, en rouge, passait au milieu.

– Nom de Dieu de nom de Dieu !

On était penché au-dessus du calepin, Lucien lançait des regards furtifs à droite et à gauche. J'ai bu mon cognac cul sec et en ai commandé un autre.

Lucien tournait les pages du calepin. Un autre dessin montrait trois camions à la file sur la voie de droite. Un grand virage sur la gauche. En rouge le bus sur la voie de gauche qui double. Du doigt, je montrais des lignes sur le dessin.

– C'est quoi ça ?

– Des angles optiques qui *prouvent* qu'il n'avait aucune visibilité.

– Joli travail…

– Je le tiens, tu veux dire…

Le klaxon du bus retentit. J'ai écrasé ma cigarette par terre et nous sommes sortis de la cafétéria.

– Prends l'air dégagé, a dit Lucien.

Nous sommes remontés dans le bus en faisant semblant de parler d'un groupe de rock'n roll que l'on connaissait tous les deux et nous nous sommes installés à nos places, l'air de rien. Durant l'arrêt, quelqu'un avait nettoyé le vomi de la petite fille mais ça puait encore énormément.

⋆ ⋆
⋆

Les toilettes au fond du car étaient bouchées. Dans les virages, la porte s'ouvrait et se refermait avec fracas. Des effluves de merde venaient se mêler à l'odeur du vomi et à celle de la morue. Un petit filet d'eau sale se promenait dans l'allée, au gré de l'accélération du bus, qui fonçait sans plus aucune pudeur à présent. Je suis allé voir Lucien à l'avant. C'est à peine si l'on pouvait marcher. Un grand virage m'a jeté entre les seins d'une vieille Portugaise. Je m'accrochais désespérément aux dossiers des fauteuils. Vers chez Lucien, la dominante dans le panel sophistiqué des odeurs était le vomi. Chez nous, c'était plutôt la merde. La ligne de démarcation était située vers la onzième rangée. Je sentais des instincts assassins redoutables se libérer en moi. Lucien tenait un mouchoir sur son nez et scrutait la route. On arrivait à Lisbonne. C'était tout à fait le *Grand Bus de l'Apocalypse* dont ne parlent pourtant pas les Évangiles. Les faubourgs, la ville, les grandes avenues, la gare routière. Le bus se gara lentement. Le chauffeur éteignit le moteur, posa ses deux bras sur le volant, puis sa tête sur les bras et se mit à sangloter en silence. Quelques femmes se signèrent en sortant. Il y eut des grandes embrassades et des larmes. La petite fille qui avait vomi sautait partout. Elle avait l'air complètement guérie, pas du tout la gueule de quelqu'un qui a rendu toutes ses tripes. C'était certainement un bon coup de pied au cul dont elle avait besoin à présent. Nous récupérâmes nos bagages et sortîmes de la gare routière. Lucien arracha les pages griffonnées de son carnet et les déposa dans une poubelle. Je lui tendis la main :

– Alors, salut Lucien.

– Salut camarade… et bienvenue à Lisbonne.

– Ouais… bienvenue à toi aussi.

– Bienvenue, bienvenue… bienvenue à nous tous, a dit Ana.

– Bienvenue…

On s'est tous embrassés en pleurant, les grandes familles sont sorties de la gare routière en riant et il y a eu soudain une énorme queue devant la station de taxis.

1

La pension dans le Chiado *— Dona Rosario — la France est foutue — un roi et un ventilateur — la chambre sur le Tage — les sirènes des paquebots — une chauve-souris — Rastignac et le salpêtre — la pension — l'étage fantôme — l'ouvrier capverdien — l'élégant — Pépé* und *Mémé — colons en Angola — la cuisine — la salle télé — Dulce — les flamants roses — les chats en crotte de nez —* Lisboa *— la ville basse — Alfama — une rencontre —* kein Koenig im Portugal *— c'est bien triste — Dulce croit que les Français mangent les grenouilles vivantes — elle a des rêves bidons — dans le fond c'est une chiante — le dîner à la pension — Ana est tellement pénible qu'on aimerait la décapiter — qui veut manger doit travailler — Dulce est folle — elle montre ses gros seins aux marins — Romain parle aux mouettes.*

Ana avait l'adresse d'une pension familiale située sur les pentes du haut quartier de la ville, dans le *Chiado*. Trois étages d'une vieille bâtisse construite à flanc de colline qui tombait franchement en ruine. La porte d'entrée était très haute et à peine l'avait-on franchie qu'il fallait gravir un escalier large et raide pour arriver à une sorte de petite réception, une simple table posée contre le mur en dessous d'une plaque de liège sur laquelle pendouillaient quelques clés. Une vieille femme en tablier nous a accueillis et nous a montré notre chambre. Elle traînait la savate.

– J'ai vécu plus de vingt ans à Noisy-le-Sec, qu'elle disait. J'en ai eu marre. La *saudade*, vous savez… Je suis revenue… La France, c'est le passé. C'est foutu. Enterré.

Ana acquiesçait gravement. Elle s'est arrêtée devant la porte de la chambre, elle voulait faire les présentations dans les formes. Elle a tendu la main à la vieille, le dos bien droit :

– Ana Cordeiro da Costa… Romain Valurin (elle me montre du doigt).

– Rosario Pereira dos Santos de Albuquerque da Silva da Mata e da Floresta Tambem, a dit la vieille. On m'appelle Dona Rosario. Voici la chambre (elle ouvre la porte). Petit déjeuner de sept à huit, déjeuner à treize heures, dîner à vingt heures.

Elle s'est éloignée en traînant la savate. Nous avons posé les bagages par terre, j'ai branché le ventilateur au plafond, Ana a filé sous la douche, je me suis allongé sur le lit et j'ai allumé une cigarette.

– Oublie la France ! me gueulait Ana depuis la douche.

– Ta gueule Ana, ai-je murmuré très faiblement.

J'avais l'impression que toutes les odeurs du bus ne m'avaient pas quitté et ne me quitteraient plus jamais. Le ventilateur tournait tout doucement, trois pales langoureuses. Ana est sortie à poil de la salle de bains.

– Alors ?

– Alors, quoi ?

– Quel effet ?

– Quel effet, quoi ?

Elle a pris deux trousses de toilette dans une valise, est retournée à la salle de bains. Ses petites fesses semblaient danser la valse. Je me suis demandé s'il y avait un roi dans ce pays. Ana est revenue chercher une culotte dans sa valise.

– Il y a un roi dans ce pays ?

– Un quoi ?

– Un roi, Ana.

– Bien sûr.

– Cool.

Un roi et un ventilateur. La situation n'était peut-être pas aussi pourrie que ça.

J'ai pris une douche, moi aussi, et je suis allé sur le balcon pour admirer la vue. Notre chambre donnait sur le Tage. Des paquebots revenant des mers immenses et dangereuses stationnaient de l'autre côté du fleuve, ainsi qu'en dessous de notre petite colline, un peu en aval. J'ai allumé une cigarette et me suis accoudé à la rambarde. Une sirène sombre et plaintive s'est élevée du fleuve et a retenti longtemps avant de se perdre dans la rumeur de la ville ; elle ressemblait au cri d'un animal blessé. J'ai pensé que des marins se saluaient entre eux et je les ai soudain imaginés en train d'agiter leur casquette en pleurant, avant de se raconter les horreurs qu'ils avaient vues dans le monde.

– Ils doivent se saluer entre marins, a dit brusquement Ana qui m'avait rejoint sur le balcon.

J'ai levé les yeux au ciel.

– C'est comme un klaxon, Ana. Ça sert juste à pas se rentrer dedans.

– C'est plus beau qu'un klaxon.

– C'est pareil.

– Non, c'est plus beau.

La nuit tombait doucement. Une chauve-souris est passée près du balcon, je l'ai longtemps suivie des yeux (guettant un regard amoureux) et puis je l'ai perdue et puis je l'ai retrouvée et puis je l'ai perdue à nouveau. J'ai laissé tomber ma cigarette par terre et l'ai écrasée du talon en me demandant ce que je foutais dans ce bled.

Ana était toute excitée. Elle faisait Rastignac façon morue. Elle disait :

– À nous deux Lisbonne !

Et elle rigolait. Elle disait également :

– Nous y voilà !

Et elle levait les bras au ciel.

Pendant ce temps, je filais des petits coups de pompe à la rambarde pour vérifier que le salpêtre n'avait pas tout rongé et pour être bien certain que cette saloperie n'allait pas s'effondrer et mettre un terme prématuré au rêve portugais d'Ana.

* *
*

Je passais les jours suivants à explorer la pension de haut en bas. Le dernier étage était inhabité. Il y avait bien quatre chambres mais elles étaient en ruine. Dona Rosario rêvait depuis des années de les retaper pour rendre à la pension son lustre d'antan mais elle n'avait pas l'argent pour le faire, si bien que la pension devenait de plus en plus miteuse, les prix baissaient, les canalisations rouillaient, les papiers peints jaunissaient et les gens qui restaient râlaient dans son dos, l'accusant d'être avare de ses sous.

Au troisième étage logeaient un ouvrier capverdien et un homme mystérieux et élégant. Certains disaient que c'était un bandit mais d'autres affirmaient l'avoir vu vendre des billets de loterie vers le port, alors on ne savait pas, en tous les cas, il portait des costumes rayés et des lunettes noires et mâchonnait ses cigarettes qu'il faisait passer d'un coin des lèvres à l'autre.

À notre étage, il n'y avait que des couples ; nous, et puis deux autres, un jeune, la chambre juste à côté, et un vieux, au fond du couloir, que tout le monde appelait Pépé et Mémé. Ils étaient tous les deux très maigres et ils sentaient très mauvais. Mémé ressemblait à une taupe, elle ne voyait presque rien, elle marchait à tâtons dans la pension en touchant les murs. Elle avait des gros carreaux pourtant, épais comme tout, mais il n'y avait plus rien à faire, et puis un carreau était cassé, le droit, complètement fendu en toile d'araignée, on ne voyait que l'œil gauche, minuscule, une tête d'épingle ahurie. Pépé, lui, c'était les jambes qui l'avaient lâché, il ne se déplaçait jamais sans béquilles et passait généralement ses journées dans la salle télé ou dans sa chambre, sur un fauteuil roulant ; parfois la porte était ouverte, il me faisait coucou avec la main quand je passais. Le deuxième jour que j'étais là, je suis passé devant la chambre, il était vautré hors du fauteuil, un bras et la tête qui pendaient, il geignait en portugais. Je suis rentré dans la chambre pour le remettre droit, ça puait là-dedans, une vraie misère ! Il me parlait en portugais, je ne comprenais rien, je disais :

– Mais oui, Pépé...

Il rigolait !

Avec une main, il m'a tapoté le bras, sa tête bougeait dans tous les sens, il voulait me dire quelque chose mais je ne comprenais rien du tout.

– Elle va revenir Mémé...

Il se bidonnait comme tout. Je crois qu'il se faisait dessus quand Mémé n'était pas là.

Cela faisait très longtemps que Pépé et Mémé habitaient la pension. On racontait qu'ils avaient été des riches colons en Angola, qu'ils avaient tout perdu en 1975 et qu'ils vivaient depuis sans rien, dans la petite pension du *Chiado*. Mais je n'y croyais pas trop à cette histoire. Pour moi, un riche, quoi qu'il arrive, ça ne se chiait pas dessus.

Au premier, il y avait la chambre et le salon privé de Dona Rosario, une autre chambre vide, la salle télé et la cuisine, l'âme de la pension, la caverne dans laquelle Dona Rosario passait ses journées. Des batteries de casseroles étaient accrochées partout le long des murs, il y en avait des petites, des moyennes, des grandes, des immenses, des gigantesques et des gargantuesques ! Sur l'énorme gazinière, huit feux et un four, des soupes et des ragoûts mijotaient en permanence, ça faisait bloup bloup bloup et Dona Rosario orchestrait les feux, touillait, goûtait, mélangeait, remuait, ratatouillait ; une bulle de soupe allait parfois s'écraser sur la casserole voisine, les choux tremblaient dans l'eau bouillante, la hotte tournait à plein régime, la gueule d'enfer du four avalait plat sur plat. Au milieu de la cuisine trônait la grande table rectangulaire recouverte d'une toile cirée jaune sur laquelle se prenaient les repas. Les hôtes en pension complète s'y asseyaient dans un silence religieux. Dona Rosario faisait alors le tour de la table, une première fois avec la marmite et une deuxième fois avec une bonbonne de picrate vert qu'elle produisait probablement elle-même.

– Il faut boire au moins un verre de vin avec le repas, disait-elle, surtout pas d'eau, sinon on digère mal, c'est comme ça, c'est pas moi qui invente.

Tout le monde buvait alors son verre réglementaire. Parfois, elle repassait avec sa bonbonne sous le bras et remplissait les verres à nouveau pour être absolument certaine qu'on digérerait bien.

– Moi, mes pensionnaires, j'les bichonne.

Et Pépé ricanait alors dans sa barbe à l'idée du deuxième verre de vin.

À droite de la cuisine enfin, tout au fond du couloir, c'était la salle commune. Il y avait des canapés, une télé et une table en bois sur laquelle étaient posés un napperon et un bouquet de fleurs en plastique. Au mur, une carte postale encadrée et jaunie de la pension dans les années 1930, une pendule dorée qui indiquait trois heures et quart et un poster du mont Blanc. Sur le papier peint juste à côté de la table, quelqu'un avait écrit en portugais, en tout petit et au stylo à bille : « Va te faire foutre, signé je t'emmerde ».

* *
*

Trois jours que j'étais là et je me faisais déjà profondément chier. Quand je n'en pouvais plus de regarder les paquebots sur le Tage, j'allais glander dans la salle commune. J'allumais la télévision, mais comme je ne comprenais rien à ce qu'elle débitait, je l'éteignais aussitôt et je soupirais en fumant cigarette sur cigarette. Vers onze heures du matin, notre voisine de chambre est entrée dans le salon et s'est assise sur le sofa en face du mien. On s'était déjà croisé trois fois dans les couloirs et à chaque fois on s'était fait un petit signe poli de la tête. Elle m'a dit bonjour en français et a esquissé un sourire un peu timide. Elle était très mince, la trentaine, assez mal habillée, des cheveux noirs coupés courts, une grosse poitrine que je n'osais pas regarder, l'air fragile, très belle. J'ai dit :

– Vous parlez français ?

Elle a fait un geste de la main en rigolant et a répondu :

– Comme ci, comme ça.

– Ah, bon.

– Je l'ai appris à l'école.

– Vous le parlez vraiment... très bien.

– Je m'appelle Dulce.

– Dulce ?

Elle s'est levée un peu gauchement et m'a tendu la main. Je me suis levé moi aussi, j'ai pris sa main dans la mienne, j'ai souri bêtement et d'une voix mécanique, j'ai dit :

– Je m'appelle Romain, je suis Français, je ne parle pas portugais.

Elle a rigolé puis m'a annoncé qu'elle devait partir, j'ai essayé de la retenir en lui demandant si elle savait où était la France ; elle a rigolé plus fort encore et a quitté rapidement la pièce. Tout en songeant que j'étais le roi des cons, j'ai allumé la télévision ; des milliers de flamants roses s'envolèrent soudain dans le ciel et le ciel devint rose. Je me suis assis à la place où Dulce se tenait quelques secondes auparavant, les flamants roses volaient de plus en plus haut, j'ai fait semblant de l'enlacer, j'ai fermé les yeux, de l'embrasser. J'ai murmuré :

– Dulce, Dulce, c'est si beau l'absolu.

Quand j'ai ouvert les yeux, j'ai vu Dona Rosario qui se tenait sur le pas de la porte, les mains sur les hanches. Me voir étreindre l'air la rendait soupçonneuse. J'ai toussé, me suis levé du sofa en mimant un exercice de gym, puis j'ai quitté la pièce en sifflotant et j'ai regagné ma chambre. Ana n'était pas encore rentrée. Je me suis allongé sur le lit. J'étais impatient qu'elle rentre car elle avait promis de me rapporter un journal français. Le tout, c'était de tenir jusqu'à la tombée de la nuit car à la tombée de la nuit, il y avait les chauves-souris qui m'occupaient jusqu'au dîner.

* *
*

« Si tu t'emmerdes tellement que ça, pourquoi t'irais pas visiter la ville ? » a dit Ana. Ça faisait dix jours qu'on était arrivé et l'idée ne m'avait pas traversé l'esprit. Petit enfant déjà, je n'étais pas très curieux et je passais des heures entières à me tirer les crottes du nez et à en fabriquer des petits chats. Ce sera un poète ou un idiot disait ma mère. À peine dehors, un petit tramway électrique que je n'avais pas vu a klaxonné, j'ai bondi sur le côté, le conducteur a montré le poing, j'ai voulu lui dire que c'était mon tout premier pas dans sa ville de merde, mais trop tard, il était déjà en train de remonter la rue qui mène vers le quartier haut, en bringuebalant comme un damné.

Je suis descendu dans la ville basse, celle qui avait été complètement reconstruite après le tremblement de terre de 1755, jour de la Toussaint, tout le monde concentré dans les églises, les églises qui s'écroulent, le raz de marée, le feu, la colère de Voltaire. Aujourd'hui, c'était tout carré.

Je suis monté de l'autre côté, Alfama, le château de St Jorge, les gens avaient l'air hostile, il y avait des petits tramways jaunes qui dans certaines rues rasaient les murs et alors on devait serrer les fesses et se plaquer contre le mur pour ne pas se faire arracher un bras. Tout en haut, juste en dessous du château, j'ai vu une fille qui m'a fait un signe de la main. Je me suis approché d'elle. Je l'ai reconnue.

– Dulce ? Kesse tu fous là ?

Elle souriait. Elle avait chaud. Des gouttes de sueur sur les tempes.

– Tu visites la ville ?

– Si on veut.

– Tu la trouves jolie ?

– Dangereuse.

J'ai montré le château du doigt.

– C'est là qu'il habite le roi ?

– Quel roi ?

C'était à se demander si elle n'était pas idiote elle aussi. J'ai dit tout doucement :

– Le roi du Portugal, Dulce.

Elle a placé une main devant la bouche et a rigolé comme ça : huhuhu, et moi je m'impatientais.

– Le roi du Portugal ?

– Ben oui, le roi du Portugal.

Elle se bidonnait carrément maintenant. J'avais l'impression qu'elle se payait ma poire. Elle a dû voir que je n'étais pas content.

– Pardon... elle a dit.

Mais elle a rigolé de nouveau.

– C'est parce que... il n'y a pas de roi ici...

Je me suis senti las d'un seul coup.

– *Pas de roi au Portugal ?*

– *Pas de roi au Portugal.*

J'ai eu envie de pleurer. J'ai simplement dit :

– C'est moche un pays sans roi.

Dulce m'a proposé d'aller boire un café et de manger un gâteau à la crème. Elle m'expliquait que le Portugal était une démocratie, avec un président de la République et des députés. Je lui ai dit que tout ça c'était de la merde et que rien ne valait un roi :

– Un roi avec une belle couronne et des chars d'assaut.

– Je ne suis pas d'accord, a-t-elle dit.

– Je m'en fous, j'ai répondu.

– Tu es méchant.

– Laisse tomber.

Ensuite on est redescendu vers la ville basse. Dulce m'a pris le bras ; elle faisait des grands pas dans la pente. Elle a dit :

– Tu es mon premier ami.

Elle me donnait le nom de chaque église et me montrait les *azulejos* sur les façades des maisons. Elle disait qu'elle passait un bon moment, que c'était bien qu'on se soye rencontré, qu'elle m'aimait bien alors que généralement, elle n'aimait pas les Français.

– Pourquoi t'aimes pas les Français ?

– Parce qu'ils mangent les grenouilles vivantes.

Je soupirais et je levais les yeux au ciel dès qu'elle regardait ailleurs.

Elle disait aussi qu'elle n'aimait pas la pension et qu'elle espérait la quitter un jour, quand son mec,

Luis, aurait gagné assez d'argent pour acheter un pavillon. Elle a dit :

– On a failli aller en France, j'ai des cousins à Clermont-Ferrand.

– C'est une très mauvaise idée, Dulce.

Elle rigole :

– Tu parles comme Luis.

– Peut-être, mais c'est une très mauvaise idée quand même.

On s'est arrêté dans un bistrot d'étudiants. Il y avait des livres au mur, posés sur une étagère, et des filles seules qui lisaient. J'ai commandé une bière et un cognac et Dulce m'a imité. J'ai fait claquer ma langue et j'ai attaqué la bière. Dulce paraissait rêveuse. Elle tordait sa bouche dans tous les sens, l'air qu'elle pensait à quelque chose d'important. Elle a bu son cognac cul sec. Finalement, elle a dit :

– On pourrait partir tous les deux et refaire notre vie.

J'ai bu une gorgée de cognac.

– Laisse tomber, Dulce.

– Vivre de rapines diverses.

– Je crois que t'es surtout déjà pétée.

Elle a attaqué sa bière.

– Je te cuisinerai du lapin à la confiture de moules.

– Ce sera une autre piaule, un autre voisin, la même merde... Laisse tomber, je te dis.

Elle a gloussé en mettant sa main devant la bouche.

– On ira en Sibérie...

– Sans moi...

– En Australie ?

– Puisque je te dis que ce sera la même merde, ça sert à quoi ? Autant rester avec Luis.

Elle hésitait. Elle gloussait et puis elle redevenait sérieuse. Elle levait les yeux au plafond et elle inclinait la tête. Elle a fini sa bière. On a recommandé la même chose à la serveuse.

– Ça m'excite cette aventure...

J'ai soupiré. Elle a dit :

– Tu ressembles à Luis...

Et puis elle s'est mise à pleurer d'un seul coup, au moment même où la serveuse apportait la commande !

– Pourquoi tu pleures maintenant ?

– Trop d'espoir, elle a répondu, et elle s'est mise à rire en même temps qu'elle pleurait ! En vrai, je n'ai aucune envie de partir avec toi.

Elle a dit en reniflant :

– Tu dois manger des pauvres grenouilles innocentes, si ça se trouve...

J'ai bu une gorgée de bière et j'ai dit :

– Dans le fond, t'es une chiante, exactement comme Ana...

Elle se bidonnait.

– J'adore être avec toi. Je trouve que t'es rigolo comme tout.

– Ouais, mais toi t'es chiante...

– Même si t'es un assassin de grenouilles...

– Je ne suis pas un assassin de grenouilles, Dulce.

– Si, t'es un assassin de grenouilles.

– Non, je ne suis pas un assassin de grenouilles.

J'ai soudain réalisé que j'étais déjà bourré, moi aussi.

On a remonté les pentes du *Chiado* jusqu'à la pension. Avant de rentrer, Dulce a lâché mon bras, a déposé un baiser sur ma joue et m'a demandé d'attendre cinq minutes avant de monter à mon tour. Je me suis assis sur le trottoir, j'ai allumé une cigarette, un tram est passé, il faisait frais à présent, je me suis gratté la joue en songeant que je ferais bien de commencer par me raser si je voulais conquérir le monde.

Je suis monté à mon tour et suis allé directement à la cuisine. Tout le monde était à table. Rosario m'a toisé sévèrement :

– L'heure, c'est l'heure, a-t-elle dit.

Dulce mangeait sa soupe sans rien dire. Je me suis assis. L'ouvrier capverdien n'a pas levé la tête de son assiette. Pépé ricanait dans son coin. Ana avait un décolleté scandaleux et semblait radieuse. J'ai attaqué ma soupe et pour détendre l'atmosphère j'ai annoncé à la cantonade que j'avais été me promener :

– Quand même…

Ana a pris Dona Rosario à témoin :

– C'est la première fois qu'il sort de la pension depuis qu'il est là…

Rosario a traduit à Mémé et à Pépé, qui a baragouiné quelque chose. Rosario a dit :

– Pépé demande si vous aimez Lisbonne.

J'ai réfléchi, la cuillère suspendue devant ma bouche.

– Ouais, c'est pas mal… Mais c'est assez dangereux…

Elle a traduit. Pépé a hoché la tête plusieurs fois, Mémé aussi, Dulce et son mec aussi, Dona Rosario aussi et l'ouvrier capverdien, qui n'a pourtant pas levé son museau de sa soupe, aussi.

Après le repas, nous sommes retournés dans la chambre, Ana et moi. Je me suis allongé sur le lit en observant le ventilateur qui tournait tout doucement. Je ne pensais à rien, une cigarette se consumait dans le cendrier posé sur la table de nuit, l'air était frais et dehors on entendait le bruit du monde. Ana était dans la salle de bains. Elle a passé sa tête par la porte :

– Bientôt, il faudra se bouger le cul, mon petit Romain.

– Ah oui ?

– C'est pas le boulot qui va venir à toi, mon petit Romain.

– Ah, oui ?

– C'est toi qui vas devoir aller à lui… mon petit Romain.

Je me suis demandé si un ventilateur était assez puissant pour couper une tête.

– Pour réussir, il faut se bouger le cul, mon petit Romain…

Il faut d'abord le décrocher du plafond…

– … apprendre la langue pour commencer…

Tailler les pales, les raccourcir un peu pour augmenter la vitesse…

– … un colon, ça reste pas au pieu toute la journée, mon petit Romain…

L'approcher de son cou pendant qu'elle dort...
– ... ou alors, c'est pas un colon...
Appuyer sur « on », ziiiiiiiiiiiiiiiiiiiiiiiiiiic...
J'ai tendu le bras et j'ai chopé ma cigarette.
– Ana ?
– Oui, mon petit Romain.
– Arrête de m'appeler mon petit Romain, s'il te plaît.

* *
*

Je dormais encore quand Ana s'est mise à quatre pattes sur le lit. Elle s'est penchée près de mon oreille :

– Boulot, boulot, boulot... disait-elle.

Je me suis tourné en grognant. Elle m'a enjambé et s'est approchée de mon autre oreille :

– Boulot, boulot, boulot...

J'ai tiré brutalement le drap et j'ai enfoui ma tête dessous. Elle a commencé à me secouer dans tous les sens.

– Remue-toi, gros tas ! Allez debout, fainéant !

– Merde, Ana !

Elle est retournée à la salle de bains en me traitant de gros con de chômeur.

Je suis resté encore cinq minutes au lit, puis je me suis levé et je suis descendu chercher une grande tasse de café à la cuisine que j'ai remontée sur le petit balcon. Le soleil cognait déjà mais l'air était encore assez doux. J'ai allumé une cigarette et j'ai regardé le fleuve. Un gros bateau manœuvrait sur l'autre rive. J'ai imaginé que je m'appelais Ishmaël et qu'une longue aventure m'attendait, pleine d'imprévu et de suspens. Je buvais mon café par petites lampées et je me frottais le cou quand Dulce est apparue sur le petit balcon voisin. Elle était en chemise de nuit. Elle venait de se réveiller et elle plissait les yeux à cause de la lumière du jour. J'avais l'impression de sentir la chaleur de son corps.

– Bonjour, a-t-elle dit, la voix enrouée.

– Salut, j'ai dit.

– Il n'y a pas de chauve-souris aujourd'hui ?

J'ai soupiré.

– Il faut que tu comprennes une chose, Dulce…

De la chambre, Ana a demandé en gueulant avec qui je parlais.

– Avec les mouettes, Ana !

– … que les chauves-souris, ça sort la nuit seulement, O.K. ?

Elle a eu un petit regard par-dessus son épaule et a soudain laissé tomber les bretelles de sa chemise de nuit ; ses seins sont apparus au soleil, gonflés à bloc, pleins, blancs.

Je suis resté stoïque mais par réflexe, j'ai chopé mon paquet de cigarettes et en ai engouffré une dans ma bouche en tremblant un peu. Qu'Ana vienne voir les mouettes sur le balcon et c'était ma fête intégrale. Dulce restait ainsi, la chemise au nombril, à regarder l'horizon sans rien dire. J'ai essayé de sourire, je regardais à droite, à gauche, j'écoutais les bruits de la chambre, la panique montait doucement, je réalisais que cette fille était complètement cinglée ; l'image de cette paire idéale de nichons était gravée à jamais dans mon cerveau.

Mais elle restait comme ça. J'ai pensé que dix mille paires de jumelles étaient braquées sur elle par des marins rigolards. J'ai pensé aussi qu'elle était peut-être maniaque et dangereuse. J'ai toussé, j'ai dit d'une voix blême :

– Tu n'as pas… froid ?

Tout doucement, elle a remis ses bretelles et s'est étirée.

– Ça va être une belle journée, elle a dit.

J'ai pris ma tasse de café, j'ai remarqué que je tremblais et que j'avais les mains moites. Elle a pris un air de comploteuse et elle a chuchoté :

– Luis sort de la douche… C'était cadeau pour hier.

Elle est rentrée dans sa chambre au moment précis où Ana sortait sur le balcon. Elle a regardé à droite et à gauche.

– Tu parles *vraiment* aux mouettes ?

J'ai eu un rire nerveux.

– Et comment !

Elle m'a regardé avec pitié.

– C'est pas gagné…

Et elle est rentrée dans la chambre. J'ai terminé ma cigarette nerveusement, je rigolais tout seul, je regardais le fleuve et j'y voyais surgir une grosse paire inouïe de seins fabuleux.

2

Une adresse de cours de portugais — Ana est de plus en plus chiante — Dulce encore pire — trois mois de cours — premier cours — un Batave polyglotte — Romain se fait engueuler — Cécile — elle travaille dans les cosmétiques pour les animaux domestiques — conversation pénible sur le travail — Cécile ou la nostalgie de Socrate — elle se met à pleurnicher — elle offre du dentifrice à Romain — et maintenant elle aboie — elle est prête à tout pour avoir un ami — Romain s'enfuit — Cécile a peur de la solitude — Romain rentre à la pension — Ana le prend pour un idiot — un autre cours — Romain est déjà largué — le Batave est pénible — une Japonaise — le Batave parle aussi japonais — les autres étudiants — une Grecque et une Suédoise bossent dans une ONG — au bistrot avec Cécile et les Anglais — John est gérant d'un magasin Ikea — les petits à-côtés de la vie — les voyages — une hallucination — Ana est hystérique — une scène — Ana exagère vraiment — ça finira mal — la tradition des rois de France — le pouvoir aux femmes.

Dona Rosario avait donné une adresse de cours de portugais à Ana qui me l'a refilée à tout hasard. J'ai décidé d'y aller. Ana me faisait tellement chier que j'ai préféré lui dire que j'allais glander en ville et me saouler la gueule.

– Ne m'attends pas, je rentrerai tard et pété.

– C'est ça… toute façon, un mec qui parle aux mouettes…

– C'est mieux qu'un muet, tu crois pas ?

J'ai pris mes cigarettes sur la table de nuit et je suis sorti en fermant la porte tout doucement. Dans la ville basse, j'ai acheté un plan de la ville et me suis dirigé vers Lapa. Quand je suis arrivé devant l'immeuble, une fille était adossée à côté de la porte d'entrée.

– C'est pas vrai !

– T'auras bien besoin d'un traducteur, non ?

Je suis rentré sans répondre et Dulce m'a suivi. À l'intérieur de l'immeuble, j'ai frappé à une porte vitrée avant de l'ouvrir. Dulce s'est engouffrée dans la pièce avec moi. Une femme était assise derrière un bureau, elle m'a scruté une demi-seconde et m'a dit bonjour en français. Je me suis assis et lui ai annoncé que je voulais suivre des cours intensifs de portugais. Dulce a traduit en portugais et la femme derrière son bureau a souri. Elle parlait français à peu près comme moi. Elle a sorti une brochure d'un tiroir et m'a parlé tarifs, horaires, niveaux, en me montrant du doigt la partie de la brochure traitant des grands débutants. Dulce était debout contre la porte, les bras croisés, essayant à présent de traduire ce que disait la femme, du français *en portugais* ! Je pensais que c'était typiquement la fille qu'on étrangle un soir d'excès. La femme regardait Dulce en coin. J'ai sorti une liasse de billets et j'ai payé l'équivalent de trois mois de cours quotidiens. Mon premier objectif était de pouvoir envoyer gros lolos sur les roses ; après on verrait bien.

Une nouvelle session de cours commençait une semaine plus tard. On était huit inscrits. C'était la femme qui m'avait reçu dans le bureau qui donnait les cours. Il y avait cinq filles, dont une Française, et trois garçons. J'étais assis à côté de l'un d'eux, un Hollandais en costume cravate. La prof s'appelait Alexandra, elle nous apprenait à dire bonjour, à nous présenter, au revoir et merci, le tout exclusivement en portugais. Chacun à notre tour, on se présentait devant tout le monde. La Française s'appelait Cécile. Le Batave à côté de moi, Marcus. Je lui ai demandé si par hasard il parlait français.

– Français, anglais, allemand, espagnol, italien… Et hollandais bien sûr.

– Bien sûr…

Il avait une sale gueule.

– Pourquoi t'apprends le portugais alors ?

– C'est un atout dans mon métier.

– Ah ?

Alexandra nous a regardés en fronçant les sourcils et Cécile nous a balancé un regard noir. On avait déjà franchi la vitesse supérieure. À présent, on répétait

« Lisbonne est au Portugal ». J'ai demandé discrètement :

– C'est quoi ton métier ?

Mais je me suis de nouveau fait choper. Cette fois, Alexandra a dit quelque chose en portugais mais j'ai écarquillé les yeux pour lui montrer que je ne comprenais rien du tout. Elle a dit en français :

– Ça sert à rien de prendre des cours si vous n'écoutez rien.

Et puis elle a répété la phrase en portugais en faisant des grands gestes pour que tout le monde comprenne. Une des filles, l'Anglaise, a gloussé. Alexandra m'a interrogé pour me punir :

– Comment tu t'appelles ?

– Je m'appelle Romain.

– Quel âge as-tu ?

– J'ai 29 ans.

– Où est Lisbonne ?

– Lisbonne est au Portugal.

* *
*

Nous sommes sortis du cours et je suis allé voir la Française, Cécile.

– Salut, j'ai dit.

– Salut.

– Tu veux aller boire un verre ?

Elle a réfléchi un peu et elle a articulé quelque chose d'incompréhensible. Elle essayait de me parler en portugais, cette cloche.

– Laisse tomber, j'ai dit.

Nous sommes allés dans un bistrot à deux rues du cours. J'ai commandé un whisky et elle un porto blanc. Elle avait un look plutôt bon genre, une coupe au carré, élégante. J'ai dit :

– Pourquoi t'apprends le portugais ?

– Parce que j'ai été mutée ici.

– Mutée ?

– Ben oui, mutée.

J'ai bu un coup et j'ai réfléchi. J'ai dit :

– Par qui ?

Elle a eu l'air agacée.

– Par ma société !

– Bien sûr… Et t'es dans quelle branche ?

– Les produits cosmétiques pour les animaux domestiques.

– Les produits cosmétiques pour les animaux domestiques ?

– C'est ça.

J'ai bu un autre coup de whisky. J'ai dit :

– Les croquettes, tout ça ?

Elle a carrément levé les yeux au ciel.

– Cosmétique ! Les shampoings, les brosses, les dentifrices…

– Dentifrice ? Tu m'as pas dit que c'était… euh… pour les animaux ?

– Parce que tu fais partie de ces brutes qui pensent que les animaux n'ont pas le *droit* d'avoir du dentifrice ?

– Moi ? Ah non… Pas du tout… Non, non…

Elle a élevé la voix :

– Est-ce que *oui ou non* tu penses que les animaux ont le *droit* d'avoir du dentifrice ?

– Absolument !

J'ai fini mon whisky d'un trait et j'ai fait un signe à la serveuse avec le verre vide. Je me demandais s'il n'y avait pas tout simplement quelque chose qui m'avait échappé. Je n'osais plus trop poser de questions. La serveuse est arrivée avec le whisky. Cécile a dit merci à ma place, en portugais.

– Et toi ? elle a dit.

– Moi ?

– T'es dans quelle branche ?

– Je sais pas vraiment.

– Comment ça, tu sais pas vraiment ?

– Ben, euh… j'ai fait du télémarketing, j'ai livré des pizzas… euh, j'ai vendu des pompes… la branche vente un peu, tu vois… enfin vente, livraison, tout ça…

Je n'aimais pas trop ce genre de conversation.

– Ah, d'accord… Et tu fais quoi ici ?

– J'en sais rien…

– Tu bosses pas ?

– Ah, si, si.

– Où ?

– Euh… Je sais pas encore.

– Tu cherches du boulot ?

– Si on veut.

Elle m'a fait un clin d'œil.

– T'es bien tombé, à Lisbonne, il y a du boulot. Plein de boulot.

– Chouette.

Elle a commandé un deuxième porto blanc.
– Chouette, j'ai répété. Bonne nouvelle.

* *
*

Cécile était complètement bourrée. Elle louchait un peu. Après six portos, elle m'avait proposé de passer chez elle. Elle avait de la bière au frais (de la *Sagres*) et des dizaines de bouteilles de porto blanc. Je m'étais assis dans un sofa en cuir couleur crème et elle avait apporté une bière servie dans un verre, ainsi qu'un porto blanc, le tout en titubant lamentablement.

– C'est bien chez toi, j'ai dit.

– C'est la boîte qui paie.

Je regardais le salon, la table à manger, la télé, le petit chariot avec des revues.

– Mais tu sais, Socrate me manque tellement.

– Socrate ?

– Mon chien. J'ai dû le laisser à mes parents. Il serait malheureux ici… snif !

Elle a commencé à chialer !

– Socrate minou Socratouille, guili-guili à ta maman… snif, snif…

– Y doit être heureux là-bas… j'ai hasardé.

– Oui… j'espère… Minou, minou… Excuse-moi, quand je pense à lui… C'est plus fort que moi…

– T'inquiète pas, c'est normal, j'ai dit.

Elle s'est levée pour chercher un mouchoir en papier. Elle se tenait à la commode. Elle a écrasé un talon et failli tomber mais elle s'est redressée, a pointé son index en l'air et a dit « O.K. » deux fois, l'air qu'elle n'était pas du tout cramée et qu'elle maîtrisait tout. Je l'ai entendue se moucher violemment et puis elle est revenue. Elle me regardait bizarrement. Son maquillage avait un peu coulé. Elle m'a tendu quelque chose :

– Tiens, c'est pour toi, cadeau.

C'était une petite boîte en carton rectangulaire. J'ai regardé. J'ai rougi un peu. J'ai bredouillé :

– Merci… beaucoup.

C'était un tube de dentifrice pour les clébards.

Elle est allée mettre de la musique, un disque de Maria da Fé et elle s'est resservi un verre de porto. Elle s'est assise sur une chaise en face du sofa. J'ai dit :

– T'es vachement intégrée finalement…

– T'aimes pas le fado ?

– Beaucoup…

Elle s'est penchée sur la table basse pour attraper mes cigarettes et s'en est collée une dans la bouche.

– Tu sais, c'est mieux que la France ici…

– Ah bon ?

Elle a eu un rire nerveux et m'a regardé bizarrement à nouveau. Maria da Fé poussait le bouchon un peu loin.

– Incomparable.

– J'ai pas encore eu le temps de réaliser.

– La seule chose qui me manque…

Elle a baissé les yeux.

– … c'est Socrate…

J'ai fini ma bière et me suis levé pour en chercher une autre.

– … et un ou deux amis…

Dans la cuisine, sur le frigidaire, étaient collées des photos d'un horrible boxer ; j'ai pris une *Sagres* et je suis retourné au salon. Cécile s'était assise sur le sofa. Elle me regardait toujours aussi bizarrement. Elle lampait son porto en silence. Je ne savais plus trop quoi dire, je n'étais pas très à l'aise. Tout à coup, elle a froncé les sourcils, son regard est devenu noir et elle a dit, comme ça :

– Ouah ! Ouah !

J'ai sursauté et j'ai renversé un peu de bière sur mon genou. J'ai essayé de lui faire un sourire mais elle me regardait de plus en plus méchamment. Elle grognait. J'ai commencé à avoir sérieusement les foies.

– Ouah ! Ouah !

– Ça va comme tu veux ?

Elle grognait de plus en plus. J'ai regardé ma montre. J'ai dit :

– Merde ! t'as vu l'heure ! faut que j'y aille !

Elle a posé son porto sur la table en grognant. Je sentais qu'elle allait me bondir dessus, alors je me suis levé en catastrophe et j'ai foutu de la bière partout.

– Faut que j'y aille, j'te dis…

Elle s'est levée elle aussi, m'a agrippé par le col.

– Ne pars pas !

– Mais si !

– Ne pars pas !

– Au contraire !

– J'ai besoin de toi !

J'essayais de maîtriser la situation.

– Écoute… je pense que tu as un peu trop…

– Ouah ! Ouah !

– Ah !

Elle me tirait le col.

– Sois raisonnable ! j'ai dit.

– Je suis seule, horriblement seule ! Ne pars pas !

Elle est tombée dans mes bras en pleurant bruyamment. J'ai essayé de la calmer en lui caressant les cheveux. Ça avait l'air de marcher. Elle aboyait plus, c'était déjà ça. Elle a murmuré :

– Je suis prête à coucher avec toi pour que tu soyes mon ami.

– Mais non !

Elle s'est de nouveau énervée. Elle a gueulé :

– Pourquoi que t'essayes pas de me baiser comme tout le monde ?

– Mais non !

– Tout le monde fait ça !

– Mais non !

Elle commençait à ouvrir les boutons de son chemisier.

– Et moi je te dis que tout le monde fait ça.

Je lui ai pris les mains, elle se débattait.

– J'ai pas connu *un seul mec* qu'a pas essayé de me sauter.

Elle avait ouvert deux boutons.

– Arrête !

– Ouah ! Ouah !

– Ah !

J'ai pris le dentifrice sur la table, ma veste sur une chaise, je me suis tiré en courant, elle m'a suivi sur le pas de la porte, elle essayait de me retenir par le bras, le chemisier à moitié ouvert et les seins tremblants.

– Reste ! Reste !

– Écoute, je dois partir, j'ai dit calmement.

Elle a éclaté en sanglots.

– Il est encore tôt. Qu'est-ce que je vais faire en attendant de me coucher ?

– Regarde la télé !

– J'y comprends rien !

– Merde !

Je perdais patience.

– Reste !

– Je peux pas ! J'ai une bonne femme qui m'attend !

Je me suis tiré dans les escaliers. Elle pleurait sur le pas de sa porte. Je suis sorti de l'immeuble en quatrième vitesse. Il faisait déjà complètement nuit. Je l'entendais gueuler de la fenêtre.

– Salaud ! Ordure ! Pourriture ! Impuissant !

J'ai pris à gauche et j'ai marché le plus vite que je pouvais. Je me demandais si j'allais retrouver mon chemin. Avec cette marche forcée, l'alcool me montait à la tête. Heureusement, j'ai réussi à retrouver le cours et de là, la pension. Tout le monde avait déjà dîné. Je suis monté directement dans la chambre. J'avais une haleine de tueur. Ana lisait une revue dans le lit. Elle n'a rien dit quand je suis rentré. J'ai posé le dentifrice sur la table de nuit et je suis allé aux toilettes. Quand je suis revenu dans la chambre, Ana avait la boîte de dentifrice dans les mains.

– C'est quoi ça ?

– Du dentifrice, Ana.

Elle a hésité une seconde et a reposé la boîte sur la table de nuit en me regardant avec pitié. Sur la boîte, il y avait la photo d'un berger allemand, gueule ouverte et langue pendante.

* *
*

Je suis arrivé cinq minutes en retard au cours. Tout le monde était assis à la même place et j'ai repris la mienne à côté du grand Batave. Alexandra écrivait des mots de vocabulaire au tableau et tout le monde les recopiait. J'ai sorti mon cahier et j'ai fait de même. Elle expliquait le sens des mots avec les mots qu'on avait appris la veille, en s'aidant parfois de signes de la main. Après, elle nous demandait de faire des petites phrases. J'avais l'impression d'être déjà en retard par rapport à mes camarades. Le Batave faisait des phrases qui me semblaient énormes et compliquées. Je ne comprenais rien du tout. Alexandra le félicitait en souriant, l'air satisfaite. Une grande blonde du Nord, Christiana, avait l'air particulièrement douée, elle aussi. L'aigreur m'envahissait, moi qui arrivais à peine à répéter « Lisbonne est au Portugal » et « Paris est en France ». D'ailleurs Alexandra me regardait du coin de l'œil. J'essayais de copier le sens de certains mots sur mon voisin mais il les traduisait en batave, ce navet. J'avais envie d'être à Paris, sur mon canapé, à fumer un gros joint, écouter de la musique, pointer aux Assedic. La formation permanente, ce n'était pas du tout mon truc.

La seule qui avait l'air aussi paumé que moi, c'était une petite Japonaise dont on pouvait lire l'angoisse derrière le sourire figé. En sortant du cours, je me suis arrangé pour me retrouver à côté d'elle.

– Salut, j'ai dit.

Elle a fait un signe de tête en souriant.

– Tu parles français ?

Petit signe de tête en souriant.

– Anglais ?

– *Yes*.

J'ai pris une cigarette de mon paquet et lui en ai proposé une. Elle a rougi en secouant la tête.

– *Why learning portugais ?* j'ai dit.

Elle souriait poliment.

– *Why you here ?*

Elle souriait toujours.

J'ai chopé le Batave qui passait par là.

– Tu veux pas lui demander pourquoi elle apprend le portugais ?

Il a commencé par lui faire une petite courbette, elle a fait pareil, et puis il lui a posé ma question *en japonais* !

Je l'ai interrompu :

– Minute... Tu parles *japonais* ?

– Deux ou trois mots.

– Deux ou trois... mots ?

– C'est un atout pour mon boulot.

Il a recommencé à baragouiner avec la Japonaise et je me suis dit que ce type était un danger public sur le marché de l'emploi.

On était les huit sur le trottoir, devant le cours ; personne n'était parti comme la veille. Tout le monde voulait faire connaissance à présent. Cécile parlait avec John, un Anglais, la Suédoise parlait avec la Grecque et la British, Mary, essayait de se mêler à la conversation de Cécile et John. J'ai dit bonjour à Cécile :

– Salut, ça va depuis hier ?

– Ça va, elle a dit, d'un air un peu hautain.

Le Batave parlait toujours avec la Japonaise. Apparemment, il m'avait complètement oublié. J'ai lancé à la cantonade :

– Cécile et moi, on connaît un petit rade à côté d'ici, ça vous dit ?

Cécile a fait la moue. La Grecque m'a dit dans un français parfait que sa copine nordique et elle avaient des choses à faire.

– On bosse dans une ONG pour le développement de l'Afrique lusophone, y'a du boulot.

– Ah bon ?

– Mozambique, Angola, on construit des écoles…

– Gratos ?

La Suédoise a enchaîné :

– On est pour les droits de l'Homme.

– C'est super ! j'ai dit.

La Grecque a dit :

– On est à fond pour les droits de l'Homme.

– Moi aussi.

La Suédoise a dit :

– Pour deux ou trois 4 × 4 climatisés, les dirigeants africains nous laissent construire des écoles.

– C'est sympa.

La Grecque a dit :

– On se sent utiles à la société.

La Suédoise a dit :

– Ouais, on sert à quelque chose, tu vois ?

J'ai demandé à tout hasard s'ils embauchaient.

– On a besoin d'un bénévole, ça te branche ?

– On a des tonnes de saisie informatique à faire…

– Il faut parler l'anglais, le français, l'allemand… et le portugais si possible, mais c'est pas obligé.

– Ben là, en ce moment, j'ai plein de trucs à faire, mais plus tard, pourquoi pas…

Finalement, tout le monde s'est barré sauf les deux Anglais, Cécile et moi. Le Batave était parti avec la Japonaise sans répondre à ma question. On s'est assis à la même table que la veille et on a commandé du whisky, du porto blanc et de la bière pour les British. Mary et John venaient tous les deux de Londres et essayaient à présent de voir s'ils avaient des amis en commun. Cécile était un peu distante. Dès que je parlais, elle soupirait.

– C'était dur le cours aujourd'hui, tu trouves pas ?

Elle soupirait. Je commençais à regretter de ne pas lui avoir mis une fessée la veille.

Les Anglais se marraient. Ils venaient de découvrir qu'ils connaissaient tous les deux le serveur d'un pub dans les docks. Ils disaient que le monde était petit ou une connerie comme ça. Je les ai interrompus :

– Pourquoi vous apprenez le portugais ?

Mary a traduit à John parce qu'il parlait français comme une vache. Il a dit qu'il avait été muté par son entreprise.

– J'ai été choisi pour être le gérant d'un magasin qu'on ouvre à Lisbonne, il a dit.

– Et vous vendez quoi ?

– Ikea, tu connais ?

– Tu parles.

– Voilà.

Ana m'avait traîné des samedis entiers à l'Ikea de Roissy. Je m'étais juré de me faire un vendeur, un jour, et de lui enfoncer une à une des milliers de bougies Ikea dans le cul. Cécile a dit d'un air exalté :

– Mon appartement à Paris était *complètement* Ikea, parquet, vaisselle, meubles, peinture, lampes, abat-jour, salle de bains, cotons-tiges, tampax, tout.

– On est les leaders, a dit John.

Quant à Mary, elle était dans la finance, une banque anglaise installée dans la ville basse.

– On investit. Depuis l'expo, ça décolle.

– L'expo ?

Cécile a soupiré.

J'ai fini mon whisky en une gorgée et hop, j'étais bourré.

* *
*

– Après ma deuxième tentative de suicide, j'ai décidé de chercher ce qui n'allait pas dans ma vie, disait Mary. J'ai découvert qu'en dehors de mon boulot, je n'avais pas de vrai centre d'intérêt, vous comprenez ? C'est alors que j'ai rencontré un mec super cool qui m'a initiée au bouddhisme. Depuis, ça va beaucoup mieux, j'ai refait une petite tentative l'année dernière mais rien de sérieux, j'ai même arrêté de prendre du Xanax.

– Bravo, a dit Cécile.

Je voyais à son œil qu'elle était déjà complètement pétée. Je me demandais si elle allait se mettre à aboyer ce soir.

– Moi, ce que j'aime, c'est voyager, disait John.

– Ce qui est chiant quand on voyage, c'est la misère qu'on rencontre, disait Mary.

– En tout cas, j'irai jamais en Chine, ces salauds bouffent les chiens, disait Cécile.

– L'année dernière, j'étais au Maroc dans un club, c'était super, disait John.

– Le problème des clubs, c'est qu'on visite pas beaucoup les pays, disait Cécile.

– Moi, je préfère les voyages culturels, disait Mary.

– Paris l'été, c'est sympa, je disais.

– Paris, Paris, Paris… c'est la plus belle ville du monde ! disait Mary.

Je lampais mon whisky que j'accompagnais à présent d'une bière blanche. Tout à coup, j'ai cru que j'étais victime d'une puissante hallucination. Dulce et Ana venaient d'entrer *ensemble* dans le bistrot ! Elles regardaient les tables une à une et cherchaient visiblement quelqu'un. Quand Dulce m'a vu, elle a fait un petit signe à Ana qui s'est précipitée vers moi.

– Te voilà, fumier !

J'ai murmuré :

– Vous présente ma femme…

– C'est là que tu passes tes journées ? C'est qui ces gens ?

Dulce acquiesçait gravement de la tête.

– Des collègues, Ana…

– Collègues ?

Elle avait un décolleté encore plus crapuleux que d'habitude et le ventre à l'air, un *piercing* au nombril.

– Des collègues du cours, Ana.

– Quel cours ?

– Le cours de portugais, Ana.

Elle s'est tournée vers Dulce qui a fait oui de la tête en fermant les yeux. Je me suis levé, je l'ai prise par le bras et l'ai entraînée à quelques mètres de la table.

– Pas de scandale.

– C'est quoi ces histoires de cours ?

– C'est pas des histoires. J'apprends le portugais.

– Pourquoi tu m'as rien dit ?

– Euh… Je voulais te faire une surprise.

– Une surprise ?

– Ben oui, une surprise.

Elle m'a regardé et son visage s'est brusquement illuminé. Elle m'est tombée dans les bras :

– Et moi qui doutais de toi ! Mon colon-colon !

Elle m'a embrassé avec passion.

Je me suis dégagé de son étreinte. J'ai demandé :

– Pourquoi tu t'es fait faire ce *piercing* ?

– T'aimes pas ?

J'ai regardé. C'était un petit anneau.

– C'est pas mal.

J'ai refermé un bouton de sa chemise qu'elle a rouvert immédiatement, on est retourné à la table et on s'est assis. Dulce a pris une chaise et s'est assise elle aussi. Elle a commandé une bière et un cognac et Ana, une bière. Toute joyeuse à présent. Elle m'a raconté qu'elle avait croisé Dulce à l'étage et qu'elle lui avait demandé si par hasard elle savait où j'étais. Dulce lui avait répondu : « Suis-moi. » Tout en souriant, je me disais que Dulce était *vraiment* un sale petit kapo.

– On est sorti de la pension, on a marché dans la rue sans rien dire, jusqu'ici, on est entré et voilà !

– Bravo ! j'ai dit.

– J'ai envie de me bourrer la gueule, a dit Ana.

– Bonne idée, j'ai dit.

– Bonne idée, a dit Dulce.

Cécile a commencé à grogner.

– Qu'est-ce qu'elle dit, celle-là ?

Soudain il y eut de la musique dans le bar, du fado. John, qui avait bu trois pintes, n'avait plus qu'une idée en tête, plonger son regard dans le décolleté d'Ana dès qu'il le pouvait. Il croyait sans doute que je ne remarquais rien. Quant à moi, j'essayais discrètement de croiser le regard de Dulce pour lui faire comprendre ce que je pensais de ses procédés lamentables. Mais elle parlait avec Ana et Mary et toutes les trois se bidonnaient comme tout,

Mary étant trop heureuse d'avoir rencontré deux filles qui parlaient portugais, même si l'une des deux le parlait comme une patate de la banlieue parisienne.

Cécile fermait les yeux et remuait doucement la tête en écoutant le fado. C'était *Alfama* de Fernando Mauricio. John essayait de capter l'attention d'Ana. Il voulait remettre Ikea sur le tapis, faire le malin de gérant à la con. Il disait que la décoration intérieure des pays du Nord était plus chaleureuse que celle des pays du Sud. Et puis Cécile s'est mêlée à la conversation. Elle a dit que la décoration de son appartement à Lisbonne n'était pas mal, j'ai eu comme un vilain pressentiment juste avant qu'elle ne se tourne vers moi :

– N'est-ce pas ?

Quatre yeux ont fondu sur moi.

Je n'ai jamais cru en l'innocence des femmes.

– T'as été chez elle ? a demandé Ana d'une voix tremblante.

– Euh…

– Réponds ! a dit Dulce.

– Cinq minutes…

– Je croyais les Français moins traditionnels, a dit John.

– Ta gueule ! a dit Ana.

– On est portugaises ! a dit Dulce.

J'ai fait un signe à la serveuse en lui montrant mon verre de whisky vide. Ça allait chier. Il me fallait du carburant.

– Tu l'as sautée ?

– Non, Ana.

Elle s'est adressée directement à Cécile.

– Il t'a sautée ?

Cette affreuse dinde a fait mine d'hésiter. Finalement, elle a dit :

– Euh, non… non.

Mais sans plus de conviction que ça.

– Et pourquoi on te croirait ? a dit Dulce.

Mary était épouvantée. Sa bouche était ouverte, elle remuait la tête.

– Les hommes sont… sont… *monstrueux* !

John s'est tourné vers moi. Il a dit d'un air grave :

– C'est pas malin ce que tu as fait là, mec… les Portugaises, c'est pas comme les Françaises… il faut les respecter… mec.

J'ai eu envie de raconter dans le détail les partouzes d'Ana à Paris. Envie également de reprendre la tradition des rois de France à mon compte et de mettre un coup de boule à ce con d'Anglais.

Ana a éclaté en sanglots. Dulce et Mary se sont penchées sur elle, chacune lui prenant une main et lui caressant les cheveux. Mon whisky me fut apporté. J'ai posé mes deux mains à plat sur la table et j'ai demandé tout doucement :

– C'est pas bientôt fini, Ana ?

– *Monstre !* a répondu Dulce.

J'ai bu un grand coup de whisky sans rien dire. Ana se répandait à présent.

– Il ne m'a jamais rien épargné… Toutes mes copines y sont passées…

Cécile me fusillait du regard. Je regardais Ana se faire plaindre et je me disais que cette petite truite avait tout de même quelque chose d'un génie, elle qui m'avait traîné dans des soirées un peu spéciales à Paris, où elle s'occupait de trois mecs à la fois, *moi exclu*.

– Calme-toi, disait Mary.

Elle qui s'était fait remuer par un inconnu sous un porche à côté du *lavomatic* de notre quartier pendant que les machines tournaient.

– Il paiera un jour, disait Dulce.

C'est un gamin qui voulait aller rouler son joint sous le porche qui me l'avait dit.

– C'est pas tout beau tout ça, disait Cécile.

– Mais je crois qu'il ne le refera plus maintenant, n'est-ce pas ? a dit John.

– Écoute, Johnny, occupe-toi de tes clic-clac à la con et évite de te retrouver seul *dix minutes* avec cette fille, O.K. ?

⋆ ⋆
⋆

Sur le chemin du retour, Ana et Dulce, pétées, marchaient devant et se marraient.

– Le pouvoir aux femmes ! disait Dulce.

Et Ana gloussait.

– On t'a à l'œil, Romain…

– Hihihi…

Je fumais une cigarette à quelques mètres derrière, j'étais bourré, j'avais envie de prendre quelque chose de suffisamment fort chimiquement pour me décoller la tête pour l'éternité.

3

Romain parle portugais — les après-midi avec Pépé — « on se fait chier, Pépé » — l'Angola — les Bantous ont pris la maison de Pépé — c'est parce qu'il leur mettait trop de baffes — Pépé s'exalte — Mémé se prend une baffe — Dulce fume dans les couloirs — elle traite Romain d'aventurier — et l'entraîne dans sa chambre — elle n'a aucune morale — Romain est bien lâche tout à coup — il envisage de sauter dans le Tage — mais sort de la chambre discrètement — et se vautre dans l'escalier — Rosario l'engueule — il vit un moment pénible sur le balcon — cinq cents ans que Pépé était en Angola — il a des tombes à Carmina et à Luanda — le treck Boer — les Allemands dans la forêt — 300 cadavres ont pourri au soleil — Pépé n'est pas belge — il ne quittera jamais l'Angola — 4 janvier 1961 — attaque des plantations du Nord — les assaillants sont drogués au chanvre — les massacres — une nuit à se défendre — Maza — un avion à l'aube — sauvés.

Avec les cours, je commençais à comprendre ce qui se disait à la pension. Dona Rosario se plaignait toujours que la vie était de plus en plus chère. Elle disait à Mémé :

– Vous savez combien m'ont coûté ces cinq kilos de choux ?

Mémé disait qu'elle ne savait pas.

– Deux mille escudos !

– Putain ! disait alors Mémé.

Et elle hochait la tête gravement ; elle gueulait dans l'oreille de Pépé « deux mille escudos, les choux » et alors Pépé remuait la tête lui aussi et il disait que sous Salazar, c'était moins cher.

Quand je n'étais pas en cours, je passais la plupart de mes journées devant la télévision, pour entraîner mon oreille. Pépé avait ses habitudes dans la salle télé. Après une sieste dans son fauteuil, il venait regarder une telenovella brésilienne qui passait tous les jours et racontait l'histoire œdipienne d'une riche famille blanche de Rio de Janeiro, ses trahisons, ses réussites, ses amours, ses haines, etc. Il se traînait avec ses cannes, il se plaçait devant le canapé, il se baissait un peu et hop, il se laissait tomber et les cannes valdinguaient à droite et à gauche du canapé. Il prenait alors la télécommande et mettait le son à fond. Il adorait sa telenovella.

– C'est comme ça que je vivais en Angola, disait-il en regardant la télé… Et encore, ma maison était plus grande…

– C'est ça, Pépé.

Je ne comprenais pas grand-chose à la telenovella, c'était du portugais du Brésil. Je demandais parfois à Pépé de m'expliquer. Il me disait alors :

– Elle, tu vois, elle est méchante… Elle veut lui voler son argent… C'est une méchante femme… Mais elle, là, elle est gentille… Elle ne veut pas lui voler son argent… C'est une gentille femme.

Et puis Mémé venait le récupérer avant le dîner. Quand j'étais dans la salle, je l'aidais à le mettre debout, je récupérais les cannes, je les plaçais sous ses bras et il se traînait jusqu'à la cuisine, aidé par Mémé, la main droite balayant le vide, de peur de se cogner à on ne sait quoi.

Je passais parfois dans sa chambre lorsque je me faisais trop chier. Quand la porte était ouverte, cela voulait dire que Mémé était absente, alors je rentrais et je m'assoyais sur le lit, en face de Pépé avachi dans son fauteuil.

– On se fait chier, Pépé.

– Hein ?

– Chier !

Il m'a fait signe qu'il ne comprenait rien.

– Chier ! Caca ! Cagaille !

Je me suis levé pour lui mimer. Il se bidonnait. Je gonflais les joues, je faisais prôuôuôut, je devenais rouge exprès, Pépé se tapait les cuisses :

– Chier, Pépé, ce que tu fais quand Mémé est pas là !

Je me suis rassis. Pépé n'en pouvait plus tellement il se marrait. Il répétait en français :

– Chier, chier, chier…

– Bravo Pépé ! On se fait chier !

J'ai allumé une cigarette.

– Ça devait être plus marrant l'Angola…

Il a mis sa main en cornet sur son oreille.

– L'Angola !

– Ah, Angola ! Grande maison, ferme… des serviteurs…

Il s'est mis à rêver tout à coup. Il s'évadait de son fauteuil et de sa chambre puante.

– La terre… des années à la cultiver… Une belle terre rouge…

– Tu cultivais quoi ?

Je faisais le geste, la binette, bêcher…

– Café, maïs, cacao… C'était une belle plantation… Aujourd'hui, ils ont dû mettre du manioc partout…

– Du quoi ?

– Manioc ! Ils mettent du manioc partout… Enfin, là où il reste des terres… Celles qui ne sont pas noyées par le sang…

– Du calme, Pépé.

– Ils ont tout saccagé… T'aurais vu avant comme c'était beau… T'irais maintenant…

– Dis-moi, Pépé, Mémé et toi, vous aviez vraiment une grande maison ?

– Ooooh ! qu'il a fait. Et puis il a réfléchi longtemps.

– *Très* grande maison…

– Et qu'est-ce qu'elle est devenue, ta maison ?

– Ils ont tout détruit.

– Qui, ils ?

– Les Bantous.
– Les Bantous ?
– Les Noirs.
– Peut-être que tu leur donnais trop de coups de trique ?
Il a mis son oreille en cornet. J'ai fait le geste de battre les Noirs.
– Tu leur mettais des coups aux Bantous ?
Il s'est redressé dans son fauteuil. Il a dit :
– Non, pas de coups aux Bantous… pas de coups aux Bantous…
– Allez ! un petit coup de béquille de temps en temps… Pépé…
Il secouait la tête comme un désespéré.
– Pas de coups aux Bantous… pas de coups aux Bantous… Et d'abord, j'avais pas de béquille.
– Allez, quoi… un coup de pied au cul au moins…
Il a réfléchi un peu en plissant les yeux.
– Coup de pied dans le cul, peut-être… mais pas beaucoup…
– Combien ?
– Bof.
– Quoi d'autre ?
– Tirements d'oreilles…
– Bravo. Et encore ?
– Torsion de nez…
– Bien, Pépé…
– Taquet frontal…
– Tu vois !
– Baffes en tous genres !

Il s'exaltait maintenant, il mimait la belle époque, il s'agitait dans son fauteuil, il distribuait des baffes...

– Ça, des baffes ! Ils en ont eu quelques-unes...

Le fauteuil bougeait tout seul, Pépé était tout fou, il se marrait et distribuait des baffes à tous ses fantômes...

– Tiens, paf !... Et toi, fainéant, paf !

– Bravo Pépé !

– Paf ! Paf !

Les deux roues latérales du fauteuil se soulevaient... Avec ses pieds, il essayait de donner des coups de pied au cul et des baffes avec ses bras... Et puis, il a failli tomber, je l'ai rattrapé au dernier moment :

– Eh ! Attention, Pépé...

– Au boulot ! Paf !

Il m'a mis une baffe.

– Du calme, Pépé, je ne suis pas un Bantou.

Heureusement, Mémé est arrivée. Elle marchait à tâtons les deux bras en avant. Elle ne voyait rien du tout. Elle s'est approchée tout près de Pépé pour voir s'il était bien assis et paf ! elle s'est pris une mandale, elle aussi ! Elle a commencé à tourbillonner sur elle-même sans rien dire. J'ai bondi pour la récupérer et je l'ai assise sur le lit. Je lui ai demandé si ça allait. J'ai dit à Pépé :

– Tu crois pas que t'as assez déconné ?

– Allez hop, au boulot, paf !

Mémé a dit :

– Vous parliez de l'Angola ?

Et puis Pépé s'est calmé. Il s'est fatigué soudain. Il s'est mis de nouveau à ressembler à un pantin désarticulé dans son fauteuil. Il ricanait en silence. Il a dit :

– Ah, les souvenirs…

Je me suis levé pour quitter la chambre.

Avant de sortir, j'ai mimé un coup de pied au cul. Pépé a gloussé. Je suis sorti et j'ai fermé la porte. Dulce était adossée au mur en face de la chambre, les bras croisés.

– Kesse qui lui arrive à Pépé ? elle a dit.

– Il a les souvenirs qui le chatouillent, j'ai dit.

– C'est toi qui l'énerves comme ça ?

– Non, c'est les Bantous.

– Qui ça ?

– Les Bantous, Dulce… ceux qui lui ont volé sa maison.

– Les Angolais ?

– Les Bantous, j'te dis.

– C'est à eux qu'il veut mettre des baffes ?

– Ouais.

– Oh !

Elle restait les bras croisés contre le mur, à mi-chemin entre l'institutrice et la pute.

– Pauvres Bantous, elle a dit.

– S'il leur avait mis plus de coups de pied au cul, peut-être qu'ils lui auraient pas piqué sa maison.

– Peut-être… mais peut-être pas.

– M'ouais.

Elle a saisi mon paquet de cigarettes dans la poche de ma chemise sans rien dire, elle en a sorti une et l'a mise en bouche puis elle a remis le paquet à sa place. Je me suis senti comme engourdi soudain, tout enveloppé d'une sensation étrange et belle, j'avais l'impression de sentir chaque millimètre de ma peau frémir, j'avais envie de fermer les yeux et de m'endormir aussi sec. Elle a remis la main dans la poche de ma chemise. Je sentais ses doigts qui bougeaient contre mon sein. Ça remontait jusqu'aux yeux. Je croyais que j'allais m'évanouir de langueur.

– T'as pas du feu ?

– Dans la poche de mon pantalon, j'ai dit.

Mais je n'ai pas bougé.

Elle non plus d'ailleurs.

– Kesse t'attends ?

– Quoi ?

– Pour me donner du feu !

J'ai fouillé dans ma poche et je lui ai tendu mon briquet.

– Tu fumes ? j'ai dit.

– Aujourd'hui, oui.

– Rosario n'aime pas qu'on fume dans les couloirs… j'ai dit.

Elle a soupiré. Je suis sorti de ma torpeur.

– … mais moi je m'en fous, j'ai ajouté.

Elle s'est raclé la gorge, a tiré une latte et elle a dit :

– On peut aller dans ma chambre si tu veux.

J'ai ouvert la bouche pour demander où était son mec mais elle a été plus rapide que moi :

– Luis est parti pour quelques jours chez ses parents à Coimbra.

– Ah ?

– Il faudra être discret.

– Discret ?

– Rapport à Ana.

– Ana ?

Elle a secoué la tête et a levé les yeux au ciel.

– Je vais t'expliquer quelque chose, Romain. Tu as une femme, elle s'appelle Ana, jusque-là, tu me suis ?

Elle me prenait pour un débile et je n'aimais pas beaucoup ça. J'ai fait un petit signe de la tête.

– Ta femme habite dans la chambre à côté de la mienne, d'accord ? (signe de la tête), alors quand on va baiser, il faudra être discret, parce que si ta femme nous entend, elle risque de se fâcher, O.K. ?

J'ai froncé les sourcils sans rien dire.

– C'est pas si compliqué ce que je dis.

J'ai continué à me taire. J'ai eu en mémoire une image assez violente de sa paire de seins. Elle a jeté sa cigarette par terre et l'a écrasée avec son talon.

– Merde, Dulce, c'est moi qui vais me faire accuser avec tes conneries.

Elle a rigolé.

– Parfois, tu me fais vraiment penser à un aventurier. Allez viens.

Elle a voulu me prendre la main, je l'ai retirée aussitôt. Je me demandais pourquoi elle me traitait d'aventurier, moi qui rêvais d'être à Paris à fumer mes joints et à pointer aux Assedic. Nous nous sommes dirigés vers sa chambre, je marchais sur du velours. Elle a ouvert la porte, mon cœur battait la chamade. Quand elle l'a refermée, je me suis dit que dans le fond, j'étais peut-être un aventurier en effet et je me suis imaginé à la proue d'un bateau perdu dans la tempête, mes bras puissants tatoués d'ancres arrimés au bastingage, les triceps saillants, scrutant les vagues immenses, le regard fixe, le visage griffé par les rafales infernales de vent, les cheveux collés aux tempes, ignorant complètement l'idée même de la peur…

– On s'en sortira ! j'ai dit.

– Kesse tu dis ?

J'ai sursauté. Dulce était déjà à poil dans le lit. J'ai entendu le bruit de la chasse d'eau dans la chambre à côté. Mes jambes se sont mises à trembler comme du flan et une grosse bouffée de chaleur m'a soudain envahi. Les seins de Dulce étaient répartis harmonieusement sur son torse et débordaient sur les côtés. Plus je regardais ses seins gonflés, plus j'avais l'impression de me dégonfler.

– Bon alors, tu viens ? a dit Dulce.

Je me suis assis sur le lit.

– Euh… tu sais, Dulce… t'as bien réfléchi ?

Elle avait les jambes légèrement écartées, des cuisses fines et galbées.

– Y a pas à réfléchir.

J'ai regardé la fenêtre, visionnant mentalement les balcons et me demandant si on pouvait passer d'un balcon à l'autre.

Putain de merde de nom de Dieu : oui.

J'ai bondi sur les rideaux et je les ai tirés. Quand je me suis retourné, Dulce avait commencé à se caresser doucement. J'ai pensé pas de panique pas de panique pas de panique et je me suis rassis sur le lit.

– Tu sais Dulce… la vie est compliquée parfois…

Elle s'est redressée sur son coude gauche. Son sein gauche s'est posé doucement sur le lit. Le droit restait honteusement rond et suspendu comme un sein en béton.

– Y a rien de compliqué, on a envie de faire l'amour, on fait l'amour, a dit Dulce.

– Ah bon ?

– J'ai envie de faire l'amour, a dit Dulce.

– Tu n'as donc pas de morale ?

Je me suis rué sur elle, j'ai embrassé ses seins, j'ai enlevé mes habits en deux secondes trente, je me suis mis sur elle, elle souriait, je crois qu'elle a dit « C'est pas trop tôt » quand je l'ai pénétrée, j'ai pensé au bateau qui tangue, à Ana, à Pépé, aux Bantous, bref à tout ce qui pouvait me faire durer un peu et m'éviter de couler trop vite dans ce corps étranger, au milieu de cette paire absolue de seins.

* *
*

On fumait une cigarette dans le lit. Je me repassais le film de nos ébats en m'intéressant à la question sonore. Je sentais des rougeurs sur mon visage. Cette conne n'avait pas été *très* discrète, c'est ce que je craignais. Sortir de la chambre me paraissait au-dessus de mes forces. Je me suis demandé si du balcon je pouvais sauter directement dans le Tage mais après un rapide petit examen mental, ça paraissait tout à fait impossible. J'étais dans une belle merde.

– Je t'aime bien, a dit Dulce.

J'ai pensé que ce n'était pas du tout le moment pour ce genre de choses vu le tragique de la situation, alors je n'ai rien répondu.

– Je t'aime bien… mais Luis fait mieux l'amour que toi.

Il fallait pourtant bien sortir de cette chambre à la con.

Je me suis levé et après m'être habillé, me suis dirigé vers la porte d'un pas décidé. Arrivé à la porte, j'ai fait demi-tour et suis allé jusqu'à la fenêtre et de la fenêtre, je suis retourné à la porte et ainsi de suite, jusqu'à ce que Dulce me dise :

– Qu'est-ce que tu fais ?

Je me suis arrêté. J'ai collé mon oreille à la porte. J'ai respiré un grand coup et je l'ai ouverte tout doucement. J'ai regardé par l'entrebâillement : ma chambre était fermée ; je me suis faufilé. Je ne respirais pas. J'ai commencé à descendre l'escalier à pas de velours, toujours sans respirer. Je savais qu'après le coude de l'escalier, je n'étais plus dans le champ de vision de la porte de ma chambre. Mais ce putain de coude paraissait à 10 000 années-lumière. J'y étais pourtant presque quand j'ai entendu un petit bruit en haut. J'ai bondi par pur instinct sans me préoccuper de coordonner mes mouvements si bien que je me suis vautré lamentablement et que j'ai dévalé le reste de l'escalier en roulant comme une vieille merde pour me retrouver aux pieds de Dona Rosario qui a poussé un cri. Je me suis agenouillé en quatrième vitesse, à moitié sonné, et j'ai mis un doigt sur ma bouche.

– J'ai simplement raté une marche, Dona Rosario…

Elle m'a aidé à me relever. Puis elle m'a pris par le bras et m'a traîné devant la chambre de Pépé. Elle m'a montré le mégot écrasé d'un air mauvais. J'avais mal partout à cause de la chute, surtout au crâne et à l'épaule gauche. J'ai voulu dire que ce n'était pas moi mais j'ai balbutié :

– Je m'excuse, Dona Rosario.

– C'est pas une porcherie ici, elle a dit.

– Vraiment, je m'excuse…

Elle a mis les mains sur les hanches et s'est éloignée en traînant la savate. Je me suis tenu l'épaule et la tête et je suis allé à la salle télé en boitant un peu. Là, j'ai fumé cinq cigarettes dans la pénombre et je suis remonté dans ma chambre en prenant l'air décontracté. Je suis rentré dans la chambre, Ana était dans la salle de bains, j'ai dit :

– Salut, Ana.

De la salle de bains, elle a dit :

– T'es bourré ?

J'ai répondu non et je suis allé sur la terrasse fumer une autre cigarette. Un petit voilier était en train de remonter le fleuve contre le vent, en zigzaguant. Ana s'est pointée.

– T'as loupé quelque chose, elle a dit.

– Ah bon. Quoi ?

Elle a montré la chambre de Dulce du doigt.

– Ils ont remis ça, il y a une heure… En plein après-midi…

Je regardais le Tage. J'étais certainement en train de faire une attaque cardiaque. J'ai murmuré quelque chose d'une voix de fausset. Ana rigolait et parlait à voix basse.

– Mais il était pas en forme Luis aujourd'hui...

J'ai essayé de rigoler parce que c'est ce qu'elle attendait de moi. J'ai fait ha ! ha ! mais il y avait que de l'air qui sortait et j'ai vite arrêté parce que j'avais l'impression que si je continuais à faire ha ! ha ! j'allais tout simplement gerber. Ana est rentrée dans la chambre en continuant à se marrer. J'ai fermé les yeux, j'ai posé mes doigts sur mes paupières et j'ai appuyé jusqu'à voir des milliers d'étoiles scintiller dans le noir. Je me suis dit que des journées de merde comme celle-ci, on n'en vivait pas deux dans sa vie ou alors c'est que l'on n'avait vraiment pas de bol.

* *
*

J'étais assis sur le lit de Pépé, je fumais une cigarette. Pépé était dans son fauteuil, Mémé sortie on ne sait où.

– Elle va où Mémé ? je demandais.

Il haussait les épaules.

Il aimait bien que je passe du temps avec lui, Pépé. Il me parlait de l'Angola. Tout le monde s'en foutait de l'Angola, il n'y avait que moi qui écoutais.

– Attention, moi je suis né là-bas... Faut pas confondre... Je suis pas arrivé dans les années cinquante… J'étais chez moi… cinq cents ans que j'étais chez moi…

– Ça faisait cinq cents ans que t'étais là-bas, Pépé ?

– On avait des tombes à Carmona, à Luanda… même à Sa de Bandeira… plein de tombes… On était là bien avant que le prix du café monte… On en a chié… Mon grand-père a été envoyé à Sa de Bandeira avec les Boers… Il y est enterré…

– Les Boers ?

– Qu'est-ce que tu crois ? Y a un treck boer qui a quitté le Transvaal… Ils ont traversé le Kalahari… franchi le Cunené… Ils se sont retrouvés à Humbe mais il n'y avait pas de garnison à Humbe ! ha ! ha ! On les a laissés s'installer à Humpata… Je te parle de ça il y a longtemps… Plus d'un siècle… Qu'est-ce que tu crois ?

– Rien, Pépé. Je ne crois rien.

– C'est tout ! Fallait pas les laisser s'installer ! On vivait bien ! C'est comme les Allemands ! Tu veux que je te dise ? La défaite contre les *Cuamotos*, un vrai massacre… les Allemands planqués derrière les arbres dans la forêt… C'est eux qui ont décimé notre colonne… tu me crois pas ?

– Écoute, Pépé…

– Personne les voyait ! Ils tiraient, pan ! pan ! pan !

Il faisait le geste de tirer.

– L'artillerie n'avait pas de champ… pan ! pan ! les Portugais tombaient comme des lapins… C'était des Allemands, je te dis ! pas des Nègres ! Ils visaient les officiers ! C'était la panique ! On a sonné la retraite…

Le voilà qui joue de la trompette.

– Retraite ! Dans la discipline ! Tu parles ! Certains se font tirer par notre propre artillerie quand ils sortent du bois… on ne comprenait plus rien… Ah, quel malheur ! Par notre propre artillerie, je te dis !

– T'y étais Pépé ?

– Où ça ?

– Ben… avec les Allemands, là.

– Bouh ! J'étais pas né !

– Ah bon…

– Comment voulais-tu que j'y soye puisque j'étais pas encore né ? ! Faut être logique un peu !

– Je ne pouvais pas le deviner, Pépé…

– On a laissé plus de trois cents cadavres pourrir au soleil ce jour-là… dans la forêt… on a pas pu les récupérer… tu imagines ça, toi ? pourrir dans la forêt !… vous avez déjà fait ça, vous, les Français ?

Je suis allé balancer mon mégot par le balcon et je suis revenu m'asseoir sur le lit.

– C'est pas marrant tout ça, Pépé.

– Les Noirs, ils voulaient pas nous chasser… du moins au début. C'est quand le Congo est tombé que ça a commencé… Ça leur a donné des idées… Il y avait des commerçants portugais à Léopoldville, ils ont été pillés, ils se sont réfugiés chez nous… On a commencé à avoir peur…

– Pourquoi que t'es pas rentré alors ?

– Rentré ?

– Rentré ici !

Il s'est fâché tout rouge d'un seul coup.

– Tu me prends pour un Belge ?

– C'est pas ce que j'ai voulu dire, Pépé…

– Est-ce que tu me prends par hasard pour un *Belge* ? !

– Je te jure que non, Pépé.

– On avait des tombes là-bas ! On partira pas ! Jamais !

– Calme-toi, Pépé.

– Jamais !

– D'accord !

– Avant 1961, tout allait bien. C'est en 1961 que tout a dérapé… Ça a commencé le 4 janvier à Luanda. Ça te dit quelque chose le 4 janvier 1961 ?

– Non, Pépé.

– Ils se sont révoltés pendant la nuit… Y avait des Blancs avec eux… tu peux me croire, je le sais, y avait des Blancs, je te dis… Seulement ils avaient mis de la suie sur leurs bras et sur leur visage…

– C'était qui ces Blancs ?

– Ah ! Ah ! Hi hi hi… À ton avis ?

Il s'agitait sur son fauteuil et faisait des moulinets avec les bras.

– Écoute Pépé, j'y connais rien à toutes ces histoires.

– Des communistes, gamin ! Des communistes peints en noir ! Ils voulaient prendre les prisons, la station de radio… foutre la merde… Et puis le lendemain… Tu sais, c'est horrible tout ça…

Il s'est tu un instant. Je n'ai rien dit non plus.

– Le lendemain, les milices ont fait la chasse aux Noirs… Tous les gamins qui portaient la barbe et les lunettes à la Lumumba étaient abattus sur place… les camions de la voirie passaient dans les *muceques* pour ramasser les cadavres… au pied des petites cabanes de pisé rouge aux toits de chaume… Ce jour-là, tout était foutu… ça ruisselait de sang… ça coulait de partout… Et puis, ça a été notre tour… c'est nous qu'on a trinqué… demande à Mémé…

– Écoute, Pépé, t'es pas obligé de me raconter tout ça.

– Ils attaquaient toutes les plantations du Nord-ouest… Ils arrivaient la nuit avec leur machette, ils coupaient tout le monde en morceaux… Ils sortaient les fœtus des ventres des mères… Ils découpaient les Blancs et les salaient… Dans une scierie, ils en ont ligoté un et l'ont passé à la machine par les pieds… comme une bûche… scié en morceaux ! Ils violaient les fillettes… demande à Mémé… ils étaient drogués au chanvre… Ils mettaient de la poudre dans la main et ils respiraient… les femmes se mettaient à genoux et demandaient grâce… mais eux… machette !… ils violaient les cadavres… leur enfonçaient des bâtons dans l'anus… demande à Mémé je te dis…

Il avait les yeux tout mouillés et ronds, absents. Il était dans ses massacres.

– Bon, écoute, Pépé, on va parler d'autre chose, tu veux ?

– Ils sont arrivés chez nous fin mars, une nuit. On s'est réveillé en entendant les cris. J'ai eu le temps d'envoyer un S.O.S. à la garnison. On a barricadé la porte et on a pris les fusils. Tu peux me croire, c'était pas les Noirs avec qui on avait toujours vécu. Ils avaient recruté tous les désaxés, tous les bagnards, ils étaient fous, ils criaient *Maza ! Maza ! Maza !*... tu sais ce que ça veut dire *Maza* ? C'est de l'eau ! Voilà ce qu'ils criaient... C'est de l'eau ! les sorciers leur avaient dit que nos balles étaient de l'eau ! Ils n'avaient pas peur... Ils couraient sur les balles... On tirait par les fenêtres ! *Maza !* Pan ! Con ! Y en a qui sont rentrés par derrière... les Noirs et les métis de la plantation étaient avec nous, l'un d'eux a brandi son fusil, il a dit « Avance pas ou je te tue » mais l'autre a dit *Maza* ! et il s'est rué avec sa machette et crac... C'est moi qui ai tiré... Il avait bu du *quibombo*, la boisson des sorciers... Ils étaient fous, je te dis... Les enfants étaient agrippés aux jambes de leurs mères. On voyait les grands yeux blancs dans la nuit... Ils cassaient les fenêtres... On a résisté jusqu'à l'aube... Quand il a fait jour, un avion est arrivé... Tous les Noirs se sont réunis dans la grande cour, ils sautaient en l'air, ils criaient de joie... Ils croyaient que c'était le Vieux... Mbuta Muntu, ils l'appelaient... Ils le saluaient... Ils lui faisaient des signes... Mais l'avion a fait un piqué, il a commencé à les canarder... C'était un des nôtres... On a eu le temps de se sauver par l'arrière de la maison... Toute la tribu... En un sens, on a eu de la chance...

Il s'est tu à nouveau quelques instants.

– On est revenu trois jours après. Les cadavres puaient déjà... Ils avaient tous de la poudre sur la paume... On est revenu chez nous... Qu'est-ce que tu crois ? On est pas des Belges... On est des Portugais... On est resté jusqu'à la fin... On s'est armé...

Mais c'était foutu, on était dans la peur… Foutu… Foutu… Et puis on leur a fait payer ça… On était fou nous aussi dans un sens… Fous de peur… C'était l'époque « Nègre vu, Nègre mort »… De toute façon, c'était foutu… Foutu…

Et puis Pépé s'est éteint tout doucement. Il était épuisé. Il pleurait en silence. Je me suis levé et j'ai replacé la couverture sur ses vieilles jambes. Il répétait « Foutu », sa tête pendait, ses bras gisaient hors du fauteuil.

– C'est fini tout ça, Pépé…

J'ai posé ma main sur sa tête. Il dormait déjà. Je suis allé fermer la fenêtre et je suis sorti de la chambre, j'ai fermé la porte, quoique Mémé ne fût pas rentrée. Derrière la porte, ça grouillait de fantômes.

DEUXIÈME PARTIE

Lucien Pontifex

4

Romain n'est pas un bon élève — au bistrot avec Cécile — on s'emmerde — Cécile doit laver ses culottes — tiens, voilà Lucien — il est grutier — et nomade — Lisbonne, c'est mieux — vive les pavés ! — promenade dedans Lisbonne, ville jolie — le Rossio — l'Inquisition espagnole — l'avenue de la Liberté — la Rotonde — le Campolide — l'Aqueduc des Eaux-Libres — les Tupperware — dîner dans le quartier haut — la Tradition — les rois en général — le Roi du monde en particulier — son râteau — l'Occident est cuit — il y aura des méchants — la démocratie, c'est pas terrible — le vin vert, c'est mieux — Lucien est philosophe — et aussi chaman — dans sa chambre — les tableaux de grues — et de caravelles — un joint et un rite — la musique indienne — Zohar — le père de Lucien était à Adamski — sa mère se faisait lécher la chatte en public — Lucien a été déprogrammé — Cécile aboie comme une vache — Romain rentre bourré — il réveille Rosario — et Ana — et dort dans la baignoire.

On sortait du cours. Alexandra m'a chopé à la porte. Elle m'a dit qu'il fallait que je travaille plus, que les autres étaient en avance par rapport à moi.

– C'est que des polyglottes. C'est plus facile pour eux.

– Peut-être, elle a dit, mais faut travailler en dehors des cours, apprendre le vocabulaire... comment on dit voiture ?

– Euh...

– Pourtant on l'a appris. Comment on dit ville ?

– Facile !

– Comment on dit...

– C'est bon, j'ai pigé...

Je suis sorti. Cécile disait au revoir à la petite Grecque. Je lui ai demandé si elle voulait boire un coup mais elle m'a dit qu'elle avait des choses à faire et puis elle s'est immédiatement ravisée :

– D'accord, mais alors vite fait.

On est allé dans le bistrot où on avait nos habitudes. Les cours finissaient dans un mois. Je me demandais si j'allais refaire une session. Pour moi, j'avais beau être le plus nul, j'avais déjà des bases solides. D'ailleurs, j'étais complètement épaté d'avoir réussi à apprendre une langue...

J'ai commandé un whisky et Cécile un porto blanc. Elle l'a bu cul sec et en a commandé un autre.

– Je m'emmerde ici, a-t-elle finalement dit.

– Moi aussi, mais je m'emmerdais déjà à Paris.

– Tu trouves ça normal de s'emmerder dans la vie ?

– Bof. Je croyais que t'avais des choses à faire ?
– Des machines.
– Des machines ?
– Ben ouais, laver mes culottes, tout ça.

Je me suis mis à rêvasser. J'ai fini mon verre, j'ai fait tourner les glaçons, j'ai regardé les gens dans le café. Le long du bar, il y avait de hauts tabourets et un type assis seul sur un des tabourets. Il était de profil et me disait vaguement quelque chose. Tout en le regardant, j'ai dit à Cécile que c'était normal de laver ses culottes, qu'il y avait rien de honteux, rien d'indigne. Soudain, je me suis levé et j'ai crié :

– Lucien ?

Le type s'est retourné.

– C'est bien toi ?

J'ai commencé à me marrer. Lucien s'est approché de la table.

– Tu me reconnais pas ? Le bus... les chauffeurs...

Il m'a tendu la main.

– Bien sûr que je te reconnais, mec.

J'ai serré sa main vigoureusement.

– Kesse tu fous là ?
– Je bois un coup. Et toi ?
– Ben... moi aussi. Viens t'asseoir à ma table...

Il est allé chercher son verre au bar et s'est installé. Il a salué Cécile d'un signe de tête.

– Alors kesse tu fous dans ce bled ?
– Je bosse.
– Tu bosses ?
– Ben ouais, faut bien bosser, non ?

– Et dans quoi tu bosses ?

– Dans les grues…

– Les grues ?

– Tu sais ce que c'est qu'une grue ?

Il a construit une grue avec ses deux bras en même temps.

– Kesse tu fous dans les grues ?

– Je les pilote.

– Sans blague ?

– Tu crois pas que ça marche tout seul, une grue ?

– Tu pilotes les grues !

Je me suis tourné vers Cécile. Je n'étais pas peu fier d'avoir un pote qui pilotait les grues.

– T'as vu ça !

Elle a soupiré.

– Et toi, tu fais quoi ? m'a demandé Lucien.

– Bah… j'apprends la langue pour commencer… Après on verra.

– T'as raison, il a dit.

– Tu la parles toi, la langue ?

– Bien sûr.

– Alors t'es grutier !

– Ben, ouais.

Il avait une piaule dans le quartier de Mouraria, Lucien. Il avait émigré ici, il y passait quelques mois par an à bosser dans les grues, trois mois, six mois, parfois plus, parfois moins. Parfois il faisait d'autres chantiers ailleurs, il partait, il revenait, nomade et tout ça.

– Et la France, t'y vas plus du tout ?

– J'évite. C'est devenu irrespirable comme air.

– Ah bon ?

– Trop de fêtes.

– Trop de fêtes ?

– Trop de fêtes, trop de *prides*, trop de mongoliens en rollers.

– Mongoliens ?

– Et puis… Je vais te dire un truc. Lisbonne, c'est une ville magnifique…

– Ouais, c'est vrai.

– J'en ai visité plein, des villes, avant de choisir Lisbonne. Tu sais ce qui m'a décidé ?

– Euh… le climat ?

Il a fait non gravement de la tête. Il a dit :

– Beaucoup plus important.

– Les musées ?

Non de la tête :

– Beaucoup plus important.

– Je sais pas, Lucien.

– C'est les gros pavés irréguliers partout… les chaussées déformées… les rues pentues comme celles de l'enfer…

– Ah bon ?

– Les pavés partout avec des gros trous entre chaque pavé… Des bons gros trous à se viander comme des veaux en cas de tentative morbide…

Il rigolait d'aise en parlant de ses pavés.

– C'est pour faire la révolution ? j'ai demandé.

– C'est beaucoup plus important que ça, mec.

– Allez, vas-y !

– C'est pour ne pas voir des mongoliens à roulettes !

Il se marrait carrément maintenant. Il se tapait les cuisses.

– *C'est impossible de faire du roller à Lisbonne !* Tu piges ?

– Ah d'accord… Mais euh, c'est quand même pas pour ça que…

– Mais si ! Mais si ! l'unique raison ! C'est la ville stratégique ! Ha ! ha ! ha ! C'est comme la trottinette ! *Impossible,* je te dis ! On peut pas ! C'est physique ! J'ai vu *une seule fois* un touriste hagard universel qui a essayé… Il avait chaussé ses patins démoniaques… Ha ! ha ! ha !

Il était complètement exalté. Il me donnait des coups sur l'épaule.

– Il se cramponnait aux murs comme une larve ! Les roulettes se coinçaient dans les pavés ! Il se tordait les chevilles ! Je te le dis ! J'étais sur le trottoir d'en face… j'avais mal aux côtes… Il a fini à genoux ! Tu peux me croire, c'est la vérité ! *À genoux !!* Il est rentré dans son hôtel en chaussettes… Je crois bien que je me suis pissé dessus… Il a dû quitter Lisbonne le jour même, ce gros navet, et retourner à Disneyland…

Il pleurait de rire, Lucien. Alors moi aussi j'ai rigolé :

– Ha ! ha ! ha !

J'étais bien content qu'on se soit rencontré.

On a repris un coup, rapport aux retrouvailles, et puis on est sorti du bistrot et on est allé se promener dans la ville. Lucien me montrait les gros pavés, je me baissais, j'inspectais, Lucien disait qu'ils étaient sacrés, il les caressait avec la main, Cécile soupirait. Nous sommes descendus vers le quartier bas. Cécile nous suivait sans rien dire. Il connaissait bien la ville, Lucien, il m'expliquait des tas de choses. On était sur la place du *Rossio*.

– Tu vois ce théâtre ? Avant, c'était le siège de l'Inquisition.

– L'Inquisition espagnole ? a demandé Cécile.

Lucien a soupiré. J'ai soupiré aussi. Il a continué à parler comme si de rien n'était.

– C'était ici le siège de l'Inquisition, c'est là qu'on brûlait les emmerdeurs... Maintenant, c'est un théâtre.

– Putain ! j'ai dit.

– Viens, on continue, il a dit.

On marchait vite, Cécile courait presque derrière nous. Lucien disait qu'il voulait me montrer quelque chose.

– Tu vas voir !

J'étais excité.

Nous sommes passés par la place des Restaurateurs et nous sommes engagés sur l'avenue de la Liberté. Je n'y avais pas mis les pieds depuis trois mois que j'étais là.

– C'est la plus grande avenue de Lisbonne, disait Lucien. Un kilomètre et demi de long. Quatre-vingt-dix mètres de large...

Il faisait des pas de géant. Je regardais de tous les côtés en cavalant.

– C'est super, j'ai dit.

– T'as rien vu.

Tout à coup, il s'est arrêté net et s'est retourné. Cécile était à cinquante mètres derrière. Il avait l'air furibard.

– Elle est lente, ta copine.

Il s'est adressé à elle :

– On va pas passer la nuit sur cette avenue !

Cécile avait la bouche ouverte. Elle a dit :

– Oui, mais vous marchez vite…

Nous sommes repartis au galop. Lucien me regardait en coin. Cécile essayait d'arriver jusqu'à nous. Nous avons torché le kilomètre et demi en dix minutes. Arrivés à la Rotonde, Lucien a décrété une minute de pause. Cécile était rouge et dégoulinante de sueur. Lucien m'a montré la statue du marquis de Pombal.

– J'aime cette statue, a-t-il dit.

J'étais trop essoufflé pour répondre. Lucien regardait la statue avec admiration.

– Il contemple la ville qu'il a reconstruite. T'imagines ça, toi, reconstruire une ville ? Et attention, mec… *sans une seule grue* !

Il se marrait maintenant. Il faisait des grands gestes panoramiques vers le centre-ville.

– Tu vois le travail !

Il faisait nuit et on ne voyait rien du tout.

– Tu sais combien de fois j'ai rêvé d'un tremblement de terre ?

– Euh… non.

– Moi non plus. Mais je peux te jurer que le lendemain je suis là avec ma grue.

– Ah ouais ?

– Je suis un constructeur, mec, j'ai ça dans la peau.

Je voulais lui demander ce qu'il construisait mais il a dit soudain qu'il fallait repartir, que l'on n'était pas encore arrivé. Il a levé le poing. Il a dit courage camarade, en avant demi-tour droite ; nous avons traversé la Rotonde pour prendre l'avenue Joaquim Antonio de Aguiar, à gauche du parc, et nous nous sommes remis à galoper. En marchant, il me racontait que c'était autour de la Rotonde que les troupes de l'amiral Machado Santos avaient campé du 3 au 5 octobre 1910 pour renverser la monarchie.

– Ils ont proclamé la République, tu saisis ?

– Comme chez nous, j'ai dit.

– Crois-moi si tu veux, les rois, il n'y a que ça de vrai.

– J'aime bien les rois, moi aussi.

Il s'est arrêté et m'a regardé.

– C'est vrai, j'aime bien les rois, je te dis.

– T'es un bon, il a dit.

Et on est reparti alors que Cécile arrivait à peine à notre hauteur.

Nous avons remonté l'avenue, pris à droite pour arriver sur le *Campolide*. C'était tout pourri par ici. Cela faisait plus d'une heure qu'on marchait. Nous avons traversé le *Campolide* et nous sommes enfin arrêtés.

– C'est là, a dit Lucien.

Il a attendu Cécile et quand elle est arrivée, il nous a montré l'Aqueduc des Eaux-Libres sur les hauteurs, avec la main, sans rien dire. Il était ému.

C'était éclairé mais on ne voyait pas grand-chose. On devinait plutôt.

– Voilà l'ouvrage le plus beau du monde, il a dit.

Cécile regardait Lucien bizarrement. Moi, je regardais l'Aqueduc mais également Lucien, du coin de l'œil.

– Soixante kilomètres de long dont quatre mille six cent cinquante mètres sous terre. Cent neuf arcades. Cent trente-sept claires-voies. La partie qu'on voit est celle qui passe sur l'Alcântara. Un kilomètre de long. Trente-cinq arcades. L'arcade centrale culmine à soixante mètres pour une largeur de vingt-huit mètres. J'aurais voulu le construire.

Cécile et moi on ne disait rien du tout.

– Vingt ans de travaux. Treize millions de cruzados. À une époque, on pouvait le franchir mais les gens s'y suicidaient tellement que c'est fini depuis longtemps.

– Les gens venaient se suicider là-dessus ? a demandé Cécile.

– Bien sûr, a répondu Lucien. Ils montaient, ils allaient à l'endroit le plus haut, et hop, ils sautaient dans le vide.

– Merde, j'ai dit.

– Manuel de Maia et Custodio Vieira. Retenez bien ces deux noms. C'est eux qui ont fait cette merveille.

– Mais pourquoi les gens se suicident-ils ? a demandé Cécile.

Lucien a secoué gravement la tête, l'air de méditer.

– C'est compliqué, a-t-il finalement dit en se tournant vers Cécile. Ça a un rapport avec les Tupperware, c'est tout ce que je peux te dire.

Cécile a ouvert la bouche.

– Globalement, c'est parce qu'ils se sont coupés de la magie du monde. Tu piges ?

– Non, a répondu Cécile.

– Ils se font chier.

– Moi aussi, je me fais chier, a dit Cécile.

– Ouais, ben fais gaffe alors. Commence par consommer moins et parle aux arbres.

– Et tu crois que je me ferai moins chier ?

– Probablement.

Et puis il m'a tapé dans le dos.

– Alors, j'ai menti ?

– Quand ça ?

– C'est pas magnifique ?

– Quoi ?

– Mais *ça*, putain ! l'Aqueduc !

– C'est super Lucien... vraiment... super...

Nous nous tapâmes tout le chemin inverse à pied. Cécile a demandé pourquoi on ne prenait pas le métro mais personne ne lui a répondu. Nous remontâmes dans le quartier haut, nous installâmes dans un petit restaurant et commandâmes de la morue grillée avec du vin blanc pétillant. Cécile s'endormait à table, sa tête tombait lourdement et elle se réveillait soudain en sursaut. Lucien était professoral. Il parlait des rois. Il était visiblement content que je les aime, les rois. Il disait que plus les rois disparaissaient dans le monde, plus c'était la merde.

– Ma patrie, c'est les rois, disait-il.

– Je suis à fond dans la Tradition, disait-il.

– La réalité se situe dans le monde invisible, disait-il.

– Le monde moderne est un accident, disait-il.

J'acquiesçais dans tous les sens.

– Sais-tu que quelque part sous l'Himalaya, il y a le Roi du Monde qui vit caché avec les fidèles de son Ordre ?

– Ah bon ?

– Il vient d'un peuple oublié. Un jour, il ressortira pour imposer sa loi au monde entier et les autres rois se soumettront à lui.

– Ouais, mais s'ils refusent, les rois ?

Lucien buvait des grandes lampées de vin vert. Il a écarté les bras.

– Entre-temps, il y aura eu une guerre terrible. Le monde sera dévasté. Les Champs seront noyés dans le sang. Il y aura le grand silence. Le Roi sortira de son royaume souterrain avec son peuple oublié et il n'aura qu'à ramasser les fruits pourris avec le râteau de ses armées, de l'Orient vers l'Occident, soigneusement. Les autres rois seront déjà à genoux, ils n'auront plus qu'à incliner la tête.

– Comment tu sais tout ça ?

– Je le sais, c'est tout.

– Et il va arriver quand, ton roi ?

– Je ne peux pas te le dire.

– Même pas une fourchette ?

– Ce que je peux te dire, c'est qu'il faut se préparer. L'Occident est cuit, ça, c'est certain.

– Cuit ?

– Complètement foutu. La civilisation est devenue désordre. Il faut faire appel à l'ordre barbare.

– Que faire ?

Il a fermé les yeux.

– J'aperçois une continuité entre les différentes phases de la subversion mondiale qui a submergé l'Occident. La réaction viendra d'Orient, ça c'est certain. Le Roi du Monde apparaîtra lorsque le moment sera venu de guider les bons contre les méchants. Mais ce temps n'est pas encore venu. Les êtres les plus méchants de l'humanité ne sont pas encore nés.

– Merde, alors, y aura pire que Mitterrand ? Mais alors décidément, que faire ?

– Se préparer, mon vieux !

Lucien s'est tu. Il a allumé une cigarette et s'est resservi un verre de vin. Il a jeté un coup d'œil sur Cécile dont le nez s'affaissait de plus en plus et n'était désormais plus qu'à quelques centimètres de son assiette de morue.

– Les hédonistes sont des enculés, a-t-il dit.

– Tu crois ?

Il s'est mis à gueuler.

– Nous, on est différents !

Cécile s'est réveillée en sursaut.

– Nous, on est héroïques, a dit Lucien. On est pour le rétablissement des rois.

– Ouais, c'est vrai !

– Partout !

– Ouais ! Lucien… Partout !

– On est relié au supra-humain !

– Exactement !

– Des rois partout et au-dessus…

– Partout !

J'étais exalté, pour les rois à fond.

– … le Roi du monde !

– Bravo Lucien !

– Le Khan universel ! Le chef absolu ! Kesse t'en penses ? Hein ?

– T'es un génie Lucien !

– Kesse t'en penses ?

– Un génie !

– Une autre bouteille !

Il a fait un signe en direction du serveur. Il claquait des doigts. Il secouait la bouteille vide d'un air impatient.

– Allez ! Allez ! il disait.

– Une bouteille pour le génie ! j'ai dit.

Cécile s'est mise à glousser bêtement.

– Vous êtes… royalistes ? C'est dingue !

– C'est toi qu'es dingue, j'ai dit.

– Le roi, c'est le chef, a dit Lucien. Il est supérieur. Il est surnaturel. Tu piges ?

– C'est pas démocratique…

Lucien a de nouveau écarté les bras. Il me faisait penser à Jésus.

– La démocratie engendre le bien-être, la prospérité, la vie rationalisée et matérialisée et finalement le non-sens. La contestation anarchique et destructrice se développe alors comme un cancer… Croyez-moi, mes amis, il faut une mystique de la puissance et de la souveraineté…

Le serveur a posé la bouteille de blanc sur la table et l'a débouchée en nous regardant d'un œil inquiet. Lucien a rempli les verres.

– Et puis, le roi, c'est l'ami des grutiers, a-t-il ajouté tout doucement.

– Eh ben toi alors, t'es marrant, a dit Cécile.

Elle a bu un coup de vin, l'air réveillée à présent. Lucien continuait dans ses idées. Il disait que le monde moderne était décadent. Il insistait sur le mot *décadent*. Il le répétait sans arrêt :

– Décadent, tu vois ?

Il disait :

– Attention, le monde moderne est décadent *dans sa nature* !

Je sifflais d'admiration.

– T'es vachement philosophe pour un grutier...

– C'est normal. On est suspendu dans les airs... On flotte dans la métaphysique...

– J'imaginais pas ça comme ça.

– C'est pas innocent d'être grutier. Ça rend pontife...

– T'es le pape de la grue en somme !

– Si on veut...

Je cognais la table avec mon poing.

– Nom de Dieu de nom de Dieu !

– T'es catholique ? a demandé Cécile.

– On est bien mieux que ça, a répondu Lucien.

– T'es quoi ?

– Chaman.

– Chat quoi ? j'ai demandé.

– Chaman, mec... t'auras le temps de voir.

* *
*

Après le dîner, nous sommes passés chez Lucien. Il habitait dans un grand studio très haut de plafond. Dans un coin, il avait installé un frigo et une plaque électrique. On s'est assis par terre dans le coin chambre. Lucien avait mis un disque de musique indienne, des incantations religieuses terrifiantes, Cécile buvait un porto rouge et nous de la *bagaceira*, sorte de marc local, une eau-de-vie complètement mortelle.

Il y avait plein de toiles adossées aux murs ou accrochées à différentes hauteurs et un grand drap recouvrait presque un tiers de la pièce sur lequel étaient posés des palettes, des pinceaux plantés dans des boîtes de conserve vides, des tubes de couleur... De nombreux tableaux représentaient des grues immenses, la tête dans les nuages gris, des chantiers, des tracto-pelles, des engins à grosses roues... Il y en avait un avec deux grues qui faisaient un duel dans les airs, d'autres figuraient des caravelles et des nefs sur l'océan agité, battant pavillon portugais, il y en avait une échouée sur un banc de sable, le grand mât cassé en deux, la hune pendante, on pouvait lire son nom sur la coque : *São João*. Sur un autre tableau, il y avait une caravelle toutes voiles dehors, une grande croix patentée rouge sur la grand-voile gonflée à bloc, toute bombée, comme enceinte, le vaisseau couché presque, qui fonce sur la mer... hostile... Un autre encore, toujours des bateaux mais trois caravelles à présent, hérissées de canons sur les côtés, les voiles plates, certainement un jour sans vent... des grosses caravelles rebondies, châteaux sur l'eau, sûres d'elles, menaçantes, puissantes... Tous les tableaux étaient des variations sur ces deux thèmes : les grues et les caravelles, c'était absolument tout ! Et puis dans un coin, un tableau inachevé, une caravelle encore, avec une immense grue dessus ! Il s'était emmêlé les pinceaux ! Une grosse grue jaune qui émergeait des trois voiles à la croix patentée rouge... La caravelle à la grue ! Mon préféré tout de suite...

– Alors, t'es peintre aussi ?

Lucien roulait un joint. Cécile regardait les tableaux. Elle ne bronchait pas. Mon pote lui en imposait visiblement.

– Tu les aimes, les grues... elle a dit finalement, en regardant les murs.

– Et les bateaux, alors ! j'ai dit.

– C'est des passions, ça se contrôle pas, a dit Lucien.

Je le voyais rouler le joint. Je salivais. Depuis que j'étais là, je n'avais rien fumé. J'avais bien essayé d'acheter, place du Commerce, à un gitan sans dents, j'avais payé et tout, mais quand j'avais voulu le fumer, je m'étais aperçu que c'était du pneu mélangé à de la cataire... J'avais eu beau tirer dessus, le seul effet, ç'avait été un mal de crâne, c'est tout. J'avais été traité en touriste...

Lucien a allumé le joint et me l'a tendu, puis il a allumé deux lampes à chaque extrémité de la pièce et éteint le plafonnier. Des lampes diffusaient une lumière rouge et l'ambiance est devenue inquiétante tout à coup. Les chants indiens me faisaient penser à des charges de guerriers assoiffés de sang.

Ça criait pas mal. Cécile devait penser la même chose que moi, elle a dit :

– C'est marrant comme musique…

Lucien s'était assis en yoga, les mains ouvertes posées sur ses genoux. Il se serait envolé tout à coup, ça m'aurait même pas étonné.

– C'est indo-européen, c'est de là qu'on vient.

– C'est pas mal, j'ai dit.

Je lui ai passé le joint.

Il y avait des percussions et des chants gutturaux. Lucien a tiré deux lattes et passé le joint à Cécile. Il n'a plus rien dit pendant qu'on fumait le joint. Quand il a été fini, il s'est relevé, a rallumé le plafonnier et éteint les deux lumières rouges. Il a baissé la musique aussi. Cécile et moi on le regardait faire sans rien dire. Il s'est rassis. Il a dit :

– Pour vous, les causes et les effets sont situés sur le plan physique, dans l'espace et le temps… Pour moi, le plan physique ne contient que les effets.

J'ai allumé une cigarette. Je me demandais si c'était à cause du joint.

– Tout ce qui s'est produit ici-bas s'est déjà produit dans l'au-delà.

– Tu me fous les foies, a dit Cécile.

– Un rite, c'est poser des causes dans l'invisible. C'est l'action par excellence.

– Écoute, Lucien…

– Quand je fume un joint, j'allume *toujours* ces deux lampes rouges… Si un jour, je ne le faisais pas, je déclencherais une catastrophe cosmique épouvantable.

– Tu crois *vraiment* ça, Lucien ?

– Un rite, c'est pas du folklore. C'est fondamental. Si on le néglige, il renvoie à l'état libre des forces redoutables… Il ouvre les portes du chaos.

Il s'est levé et a cherché un livre qui traînait près du matelas. Il l'a ouvert et a lu :

– *Le monde supérieur est mû par l'impulsion de ce monde inférieur et celui-ci par celui-là. La fumée qui monte d'ici-bas allume les lampes du haut, si bien que toutes les lumières brillent au ciel.*

Il a refermé le livre et l'a reposé. Cécile avait les yeux grands ouverts et le regard fixe. Elle était scotchée par le joint et tremblait un peu.

– Kiki dit ça ? j'ai demandé.

– Zohar.

– T'es un drôle de grutier, t'sais.

* *
*

Cécile ressemblait de plus en plus à une momie. Elle n'avait plus rien dit depuis le premier joint. Parfois, elle rigolait nerveusement. Lucien roulait d'autres joints, il allait éteindre le plafonnier, allumer les deux lampes rouges et puis l'inverse quand le joint était terminé. Il me parlait de sa famille.

– Mon père était un barjot. Il était à *Adamski.*

– Où ça ?

– *Adamski.* Secte. Les membres ont eu la grâce d'une rencontre extra-terrestre. Ils ont des centres dans le monde entier pour accueillir les habitants des autres planètes de passage par ici.

– Ah bon ?

– En 1965, ils ont construit un grand centre en Écosse, *Findhorn*, pour servir de base de débarquement et sauver quelques échantillons humains du désastre nucléaire. Mon père y était.

– Quel désastre ?

– Ensuite il a travaillé avec maître Iso-Zen, il faisait de la zététique, de l'énergétique et de la nucléotique.

– C'est dingue…

Il a allumé une cigarette.

– Finalement il a disparu dans la nature. Peut-être que des cons d'extra-terrestres l'ont *vraiment* emmené avec eux.

– Où ça ?

– C'était un illuminé, tu vois le genre ? Un gros con de hippie qui aurait pu finir comme Charles Manson.

Lucien avait été dans une secte lui aussi, jusqu'à l'âge de seize ans. Une secte biblique qui autorisait le lesbianisme et l'inceste et prohibait le couple. Le gourou avait fait des recherches bibliques personnelles et a eu des révélations sur la question.

– Ma mère se faisait lécher la chatte en public… tu vois ?

– Elle était sympa, ta mère ?

– C'était l'époque.

Finalement, il avait réussi à s'en sortir grâce à un déprogrammeur utilisant les techniques chinoises de lavage de cerveau que Ted Patrick avait rapportées de la guerre de Corée et dont il avait fait un manuel :

empilement de glaçons sous les aisselles, privation de sommeil et de nourriture, privation de vêtements, claques en assez grosse quantité.

– En deux semaines, j'étais guéri, mais ma mère est restée avec les tarés. Elle est plus ou moins devenue pute, je crois.

– En somme, t'as été déprogrammé…

– Quoi ?

– Déprogrammé…

– Déprogrammé ?

– Ouais, déprogrammé.

– Déprogrammé… c'est ça.

Il s'est levé pour chercher de la bière fraîche dans le frigo. J'ai demandé à Cécile si elle voulait boire un verre de porto. Elle m'a regardé avec des yeux de grenouille sans rien dire. Sa gorge bougeait, j'avais peur qu'elle se gerbe dessus. Elle a ouvert la bouche, elle faisait des petits bruits, elle essayait peut-être de dire quelque chose…

– Tout va bien, Cécile ?

Elle louchait et sa glotte remontait et descendait de plus en plus vite.

– Je crois qu'elle va gerber, j'ai dit à Lucien.

Il prenait les bières dans le frigo. Il s'est retourné :

– Si elle doit gerber, elle gerbera.

– Pour un mec qu'a été en secte, t'es assez sage finalement, j'ai dit.

Cécile continuait ses simagrées. Tout à coup, c'est sorti :

– Ouah ! Ouah !

– Putain de merde !

– Ça lui arrive souvent ? a demandé Lucien.

– J'la connais pas !

Il est revenu avec les deux bières et a dit doucement :

– J'aime les gens qui aboient.

– Arrête tes conneries !

Cécile s'est mise à sourire. Ça allait beaucoup mieux soudain. Elle a même repris des couleurs, cette folle ! Ça m'a rappelé des souvenirs. J'ai regardé ma montre spontanément.

– Nom de Dieu de merde !

C'était l'aube.

Cécile est restée chez Lucien. J'avais à peine ma veste sur le dos qu'elle était déjà à poil. Je marchais très vite. Je suis descendu du quartier de Lucien et je suis remonté dans le mien. J'avais l'impression de marcher sur un tapis roulant. La porte de la pension était fermée et je n'avais pas mes clés alors j'ai sonné. Au bout de dix minutes, Dona Rosario est venue ouvrir la porte. Elle avait ses grosses mains sur ses hanches. J'ai franchi la porte en essayant de marcher droit mais je lui tombais dessus. Elle râlait en portugais et me repoussait brutalement comme si j'avais la peste.

– 'Soir, Dona Rosa-hic-rio…

Elle n'a rien dit du tout ! J'ai monté les escaliers en titubant lamentablement. Je suis rentré dans la chambre le plus discrètement possible et j'ai fermé la porte tout doucement et la lumière s'est allumée.

– 'Soir, A-hic-na.

Putain d'hoquet.

– Crapule pourrie ! Enfoiré ! J'ai pas dormi de la nuit ! Avec quelle pute t'étais encore, hein ? salaud !

J'ai mis un doigt sur ma bouche :

– Chic… euh, chut, Ana…

– Pauv' merde ! C'est ma mère qu'avait raison…

Elle s'est mise à pleurer dans son lit.

– Calme-toi, Anhic…

⋆ ⋆
⋆

J'ai dormi dans la baignoire jusqu'à neuf heures trente, heure à laquelle Ana m'a arrosé avec le pommeau de la douche pour me signifier que je devais aller dans le lit car elle voulait se laver, ce que j'ai fait en rampant comme une blatte malade et sans rien dire.

5

Pépé en a marre d'être vieux — on se demande où il va mourir — Mémé jeune était très belle — des photos d'elle — d'autres photos — Romain promet à Pépé de lui montrer une paire de seins — il faut convaincre Ana — elle accepte et laisse même Pépé les peloter un peu — il tombe dans les pommes — on sort de la pension — l'aventure — il faut faire attention de ne pas rouler dans une merde — les rues sont pentues — place Camões — Pépé récite Les Lusiades *— des gens s'arrêtent pour l'écouter — il fait le malin — le public gueule parce qu'il faut partir — Pépé n'est décidément pas sortable — au bistrot avec Lucien — ça sent le scandale — la révolution sexuelle — Pépé et Mémé partouzaient sous Salazar — Diogo Cão — un Provençal à Paris — Lucien est nostalgique de la taïga — la dernière fois que Pépé a vu son bistrot dans la brousse — un cognac — Pépé tape le fado —* o fado do emboçado *— star — aux frais de la princesse — bourrés — un orage — un café désert — la serveuse rêvasse — l'électricité est coupée par la foudre — Pépé est salement bourré — Lucien essaie de calmer les esprits — il entraîne la serveuse — c'est un* *cadeau de Macil'loz — l'accident stupide — Romain a peur de se noyer — Copacabana — un coup de tête et on repart — la baignoire comme idéal.*

Je suis passé devant la porte ouverte de la chambre de Pépé. Il était affalé dans son fauteuil. De derrière, on ne voyait que les bras qui sortaient à la verticale, cela faisait comme des petites ailes au fauteuil. Je suis rentré pour lui dire bonjour.

– Ça va, Pépé ? T'es bien dans ton fauteuil volant ?

Il m'a regardé bizarrement et il a dit :

– Je me fais chier ! J'en ai marre d'être vieux !

– Ouais, mais ça…

– Ça fait vingt ans que j'ai pas vu une paire de seins. J'ai mal partout. Je me chie dessus. J'ai des taches sur les mains. La peau des joues qui tombe.

– C'est la nature, Pépé !

– La nature, mon cul ! J'en ai marre ! Ah, tu m'aurais connu en Angola… J'étais beau, élégant… Aujourd'hui, je suis affreux, je ressemble à une vieille chouette… Dis pas non, je le sais !

– J'ai rien dit, Pépé.

– Je peux plus rien faire. Mes jambes tiennent plus. Ça fait neuf ans et quatre mois que je suis pas sorti de la pension.

– Merde !

– Je te conseille de mourir jeune, gamin.

– Pas trop quand même.

– C'est quand le corps déconne qu'on se rend compte qu'on a un corps.

Il a paru réfléchir à ce qu'il venait de dire. Puis il a dit :

– Tu as déjà pensé à la mort ?

– Pas plus que ça, Pépé.

– Moi, je ne pense qu'à ça. Le matin en me réveillant, le soir en me couchant… Quand Mémé s'endort sur sa chaise, je pense qu'elle est morte. Quand elle rentre tard, je pense qu'elle est morte. Quand elle reste trop longtemps à la salle de bains, je pense qu'elle est morte. Je vis en permanence avec la mort de Mémé. Quand elle mourra vraiment, je crois que je serai soulagé.

– Et à ta propre mort, t'y penses ?

– Depuis dix ans, quand je me couche le soir, je pense que je ne vais pas me réveiller le lendemain matin. C'est une idée qui me terrifiait au début mais je m'y suis fait ; enfin, plus ou moins. Parfois j'ai encore des bouffées de colère contre la mort. Je la trouve idiote.

Je ne savais pas quoi dire, alors je n'ai rien dit.

– Tu peux me croire, des occasions de mourir, j'en ai eu, et des violentes, mais c'est finalement dans ce lit où t'es assis que je partirai… Ou dans mon fauteuil…

– Ou devant la télé, j'ai dit.

– Devant la telenovella !

– Mémé viendra te chercher pour le dîner, elle dira : « Allez Pépé, faut bien manger », elle essayera de te prendre sous les épaules mais ce sera fini, plus de Pépé…

Il pouffait. C'était l'idée marrante ça, mourir devant la telenovella !

– Hi hi hi…

J'imitais Mémé à présent, je mettais les mains en avant, je faisais la taupe…

– Allez, Pépé, lève-toi et marche !

– Pauvre Mémé, soixante ans qu'elle me supporte…

J'ai allumé une cigarette, suis allé ouvrir la fenêtre et me suis rassis sur le lit.

– Dis-moi, Pépé, une question… Mémé, elle était belle avant ?

– Oooooh !

Il m'a montré du doigt la commode à droite de la fenêtre.

– Deuxième tiroir en bas.

J'y suis allé et il m'a guidé jusqu'à une boîte remplie de photos. Je la lui ai donnée, il en a tiré une d'une pin-up années trente en maillot, incroyablement sexy. Il avait inconsciemment relevé le menton.

– Menteur !

– Puisque je te le dis !

Je regardais la photo en pensant à Mémé aujourd'hui. Je me demandais s'il fallait rire ou pleurer. Pépé avait bombé le torse. Tout fier de voir un jeunot mater sa femme.

– C'était juste avant le mariage…

– Elle est très belle, Pépé.

– Tu sais, j'en ai eu des plus belles encore.

– Allez !

– Juré !

– Pépé-Menteur !

Il me montrait à présent les photos de la boîte une par une. Il y en avait d'autres de Mémé, dont une encore plus jolie, habillée, et j'avais l'impression de n'avoir jamais vu une femme aussi belle. Il y avait aussi des photos de Pépé, élégant en effet, jeune, en trois-pièces avec une large boutonnière, les cheveux bien peignés avec une raie sur le côté et une cravache à la main. Derrière, une date : 1936. Et puis d'autres photos, un homme habillé avec un chapeau haut de forme et une canne, une femme en robe de soirée, des photos de famille, Pépé voulait tout commenter...

– Voilà le père de Mémé... Là, c'est sa mère... Là, c'est toute la famille réunie en 1919 pour Pâques, regarde la petite à gauche... c'est Mémé ! C'est presque que des photos de la famille de Mémé qui restent... Et encore, y en a plus beaucoup... Les photos de ma famille, elles sont toutes restées là-bas... elles ont brûlé...

Il avait pris le tas de photos dans ses mains et me les passait une à une en les commentant. Sur l'une d'elles, une petite Noire à croquer. Il a regardé à droite et à gauche, il a ricané.

– C'était une petite de la plantation de la famille de Mémé. À seize ans, elle a été ma première maîtresse...

– Tu connaissais Mémé à seize ans ?

– Bouh ! Je l'ai connue à quatre ans et demi Mémé ! Le jour de sa naissance ! Nos familles étaient liées depuis deux siècles...

Il regardait la photo.

– Ma première maîtresse, je te dis... Après elle, on a plus besoin de personne... Tiens, ça, c'est un Français, un ami du père de Mémé qui vivait au Brésil. Il était écrivain.

Il m'a tendu une photo d'un homme avec des petites moustaches sur une vieille moto BMW, casque en cuir et lunettes rondes en train de prendre un virage sur une route en terre.

– Je sais plus comment il s'appelait.

– C'est pas grave, Pépé.

Avant de sortir de la chambre, plein de compassion, j'ai promis à Pépé que j'allais essayer de lui montrer une paire de seins dans les jours qui venaient, histoire de lui remonter un peu le moral.

– Je vais faire mon possible, c'est promis.

Pépé rigolait.

– Des gros si possible...

– Je fais ce que je peux, Pépé.

– Des gros nichons ! gueulait Pépé et au bout de ses bras tendus ses mains faisaient mine de peloter deux gros seins imaginaires.

* *
*

Dulce ayant refusé catégoriquement, je me suis adressé à Ana. Au début, elle ne voulait pas en entendre parler, elle non plus. Je déballais mes arguments.

– Ça fait plus de vingt ans qu'il n'en a pas vu...

Elle soupirait, l'air qu'elle n'y pouvait rien.

– Faut savoir être un peu gentille avec les anciens, tu ne crois pas ?

Elle levait les yeux au ciel.

– T'as idée de comment tu seras quand tu seras vieille ? Peut-être que tu seras heureuse de voir une jeune bite un jour.

– Alors vite fait, elle a dit dans un soupir.

Je l'ai prise par le bras et nous sommes sortis de la chambre. J'étais tout exalté. Pourvu que Mémé ne soit pas là, pensais-je. Comme on était en tout début d'après-midi, on avait nos chances. Nous sommes passés devant la porte, elle était ouverte, j'ai fait un geste du poing, on est entré.

– Salut Pépé, j'ai dit.

Il était sur son fauteuil, les mains posées sur les cuisses.

– Ana a une surprise pour toi Pépé, pas vrai, Ana ?

Mais elle faisait la gueule, cette andouille ! J'ai fermé la porte et j'ai dit à Ana de bien se placer devant le fauteuil, ce qu'elle a fait en soupirant. Pépé ricanait en se frottant les mains. Je crois qu'il avait déjà compris. Ana a enlevé son tee-shirt de manière très naturelle, puis elle a dégrafé son soutien comme si elle allait se mettre au lit. Le sourire de Pépé s'est figé. J'avais l'impression d'entendre battre son cœur. Ana est demeurée torse nu quelques secondes, puis elle m'a interrogé du regard. Je lui ai fait signe de s'approcher un peu plus du fauteuil. Elle a fait une grimace, tordant sa bouche et son nez.

– Allez quoi, Ana, sois sympa…

Elle s'est approchée. Pépé tendait ses deux bras, il disait miam miam.

– Dis, Ana, tu peux le laisser peloter un peu, non ?

– Faut pas exagérer, elle a dit.

Mais elle s'est approchée un peu plus quand même et Pépé a accroché les deux nichons de ses vieilles mains et ses yeux tournaient dans les orbites, c'est devenu tout blanc, il a ouvert la bouche, je crois qu'il était en extase, j'ai regardé ; mais non, c'était mental uniquement. Ana était légèrement courbée, elle me regardait en levant les yeux au ciel et en soufflant pendant que Pépé malaxait allègrement les seins. Je lui faisais des sourires pour la détendre, je lui disais que c'était chic de sa part, qu'il fallait se mettre à la place du pauvre Pépé.

– Bon, je crois qu'il a eu son compte maintenant, elle a dit.

Pépé était à moitié évanoui en effet, avachi dans son fauteuil, la langue pendante, les yeux rentrés. Ana s'est rhabillée, Pépé nous a remerciés dans un dernier râle et nous avons quitté la chambre. Dans le couloir, Ana a dit :

– Pas deux fois.

– Merci, Ana, j'ai répondu. Je n'oublierai jamais.

* *
*

Ça faisait si longtemps qu'il n'était pas sorti de la pension, Pépé, que je lui avais proposé d'aller boire un coup dans le quartier haut, avec Lucien.

– Tu verras, on va se bourrer la gueule, ça va être sympa comme tout.

– Oui, mais je marche mal, moi.

– On va avec la chaise roulante, Pépé !

– Oui, mais si on roule dans une merde, c'est dégueulasse. C'est un fauteuil de chambre...

– On roulera pas dans les merdes !

– Il a jamais quitté la chambre ce fauteuil...

– Il faut un début à tout !

Dulce et Luis étaient sortis de leur chambre pour l'occasion. Ils nous regardaient avec des grands yeux. Dulce a dit :

– Tu vas vraiment sortir avec Pépé ?

– Et alors ?

Et on est sorti ! On était dans la grande aventure à présent ! Je repensais à ce que m'avait dit Dulce. C'est elle qui avait raison. Aventurier j'étais ! Tous les pensionnaires étaient aux fenêtres... Le plus dur, c'était l'escalier. Je devais dans un premier temps porter Pépé, le poser par terre, puis chercher le fauteuil. Il n'était pas bien lourd, Pépé, mais le problème, c'est qu'il puait énormément. Dona Rosario était postée en haut des marches. Elle secouait la tête. Elle me demandait pourquoi je n'avais pas d'abord descendu le fauteuil *puis* Pépé au lieu de l'avoir laissé par terre sur le dos, comme une tortue... J'ai décidé de ne pas répondre à la provocation. J'ai descendu le fauteuil, je l'ai mis dehors, devant la porte d'entrée, j'ai remis Pépé dedans et hop ! nous avons commencé à remonter la rue. On faisait des signes à ceux de la pension. Mémé était à la porte, elle agitait un mouchoir blanc. Nous avons croisé les rails du tram. Pépé avait peur que le fauteuil reste coincé dans les rails et qu'un tram arrive… et l'évapore… mais on a passé…

– En avant ! j'ai dit.

– Gaffe aux merdes, disait Pépé, et il se penchait sur la droite pour essayer de voir la route.

– Regarde plutôt autour de toi, Pépé.

– Je regarde où je veux !

Le fauteuil rebondissait sur les pavés. Pépé râlait. Je me disais que ce n'était pas une ville pour les vieux.

– Alors Pépé ?

– Gaffe aux merdes !

Ça bringuebalait dans tous les sens. Pépé était comme un pantin, secoué complètement. Il gueulait. La rue commençait à grimper sévèrement. On ralentissait. Ça devenait difficile. Je me couchais de plus en plus sur le fauteuil. Je mettais les pieds en canard pour ne pas déraper. J'avais les bras tout tendus.

– Allez, pousse, fainéant ! disait Pépé.

– Me lâche pas, bourricot, disait-il encore.

Je commençais à regretter notre escapade. Ce n'était vraiment pas une ville pour les fauteuils roulants. Des perles de sueur roulaient dans mon dos, sur mes tempes, partout. Et Pépé qui s'agitait, qui se penchait partout pour scruter les merdes.

– Reste un peu tranquille, Pépé, je disais. Tu déstabilises l'équipage…

Finalement nous sommes arrivés place Camões où nous avons fait une pause au pied de la statue en bronze. Le piédestal était orné de petites statues en pierre. Je m'étais adossé dessus et je soufflais, courbé en deux. Pépé regardait la statue sans rien dire. J'ai repris mes esprits et j'ai eu le malheur de lui demander qui était ce type.

– Quel type ? m'a demandé Pépé.

J'ai montré la statue avec le menton.

– Camões ?! Tu connais pas Camões ?! L'âme de notre pays ! L'épique Lusitanien ! LE poète ! Mais d'où tu viens ? Le moindre plouc connaît *Les Lusiades* par cœur !

Et le voilà qui s'agitait à nouveau. Il n'en croyait pas ses oreilles que je ne connaisse pas son Camões.

– Inouï... On l'a tous appris à l'école...

Du coup, il s'est mis à le clamer. La main droite levée, d'une voix à la Malraux, il gueulait sur la place :

– *Les armes et les barons signalés qui, depuis la plage occidentale lusitanienne, par mers jamais encore sillonnées, passèrent au-delà de Taprobane, endurcis par les périls et les guerres plus que le promettait la force humaine, et qui édifièrent chez les peuples lointains un nouveau royaume qu'ils firent tant sublime...*

Une femme s'était arrêtée devant la chaise. Elle devait croire à un spectacle. Pépé continuait de plus belle :

– *Et aussi les exploits mémorables de ces rois qui s'en furent reculer les frontières de leur Empire et de la Foi, dévastant sans trêve les contrées infidèles d'Afrique et d'Asie ; et les hommes que leurs actes valeureux ont soustraits à la loi de la mort ; voilà ce que chantant je répandrai par le monde, si jusque-là me secondent et l'art et le génie...*

Les gens s'agglutinaient. Pépé faisait le malin.

– Je connais par cœur les 848 vers du premier chant ! C'était l'école de mon temps ! Pas comme aujourd'hui !

– Bon, allez Pépé, faut y aller ! j'ai dit.

Il a levé son bras de nouveau :

– *Arrière, grandes navigations du Grec avisé, du Troyen ! Silence à la renommée...*

– Faut y aller, Pépé...

La femme qui s'était arrêtée la première a commencé à gueuler. Elle a dit :

– Mais laissez-le, c'est magnifique !

Les autres spectateurs étaient d'accord.

– Nous on connaît plus tout ça...

– C'est notre mémoire...

– C'est l'épopée...

– C'est le Portugal éternel...

– On l'apprend plus à l'école...

– L'école, c'est de la merde aujourd'hui...

– Oui, mais y a Lucien qui nous attend ! j'ai dit.

Et hop, j'ai poussé la chaise.

– Hououououou ! disait la foule.

Pépé continuait à clamer alors qu'on avait déjà démarré :

– *Je viens, moi, chanter l'illustre cœur lusitanien, à qui se soumirent Neptune et Mars. Silence à tout ce que chante la Muse antique ! Car une autre valeur s'élève plus haut...*

– T'es pas sortable, Pépé. J'espère que tu vas pas me faire le coup à chaque place...

– Hihihi. Je le connais par cœur, je te dis...

Ça grimpait de nouveau. Les trottoirs étaient trop étroits, on devait marcher sur la chaussée défoncée et éviter les trous tant bien que mal. Les voitures klaxonnaient. Pépé faisait des bras d'honneur. Il était déchaîné. Nous sommes enfin arrivés au bistrot. Lucien était déjà là. Je me suis laissé tomber sur une chaise après avoir installé Pépé à table. J'étais vanné. Pépé et Lucien se sont salués. J'ai commandé de la bière pour moi et un verre de vin pour Pépé. À peine le verre posé sur la table, il l'a bu d'un trait et en a recommandé un autre à la serveuse. Je me suis dit qu'on allait dans les scandales et que c'était peut-être vraiment pas une bonne idée que j'avais eue de sortir Pépé de chez les fantômes.

– L'est mignonne la petite, a dit Pépé en regardant le cul de la serveuse qui s'éloignait. Lucien a rigolé.

– Reste digne, Pépé, j'ai dit.

– En Angola aussi, on allait dans les bistrots le soir, entre hommes.

Il regardait autour de lui. Il parlait fort.

– Y a des filles maintenant dans les bistrots. De mon temps, y avait surtout des putes.

La fille à la table à côté s'est retournée discrètement pour toiser Pépé.

– Ouais, mais y a eu la révolution industrielle entre-temps, j'ai dit.

Lucien a ricané et moi aussi.

– Hein ? a dit Pépé qui avait mis sa main en cornet sur son oreille.

– La révolution ! j'ai gueulé.

– Quoi, la révolution ? !

– Y a eu la révolution sexuelle entre-temps !

Lucien continuait à ricaner. Pépé a eu un geste de la main.

– Ça, c'est bien des conneries de Français !

La serveuse a apporté le verre de vin à Pépé.

– Tu crois vraiment qu'on sodomisait pas les femmes dans les années trente ?

Une autre table s'est retournée. La serveuse a fait mine de ne pas entendre.

– Parle moins fort, Pépé, j'ai dit.

Mais rien à faire, il continuait à gueuler :

– Ta révolution, c'est des conneries ! Avant, on faisait tout pareil mais on le criait pas sur tous les toits, voilà tout ! Tu crois que c'est les soixante-huitards qui ont inventé les partouzes ?

Il a pris Lucien à partie.

– Et les libertins au XVIIIe siècle ? Hein ? Et les Romains ?

Lucien était d'accord avec Pépé. Il était tout gai. Il hochait la tête. Il a dit :

– Ils ont rien inventé du tout, les soixante-huitards. Ah, si ! la pub ! Ils ont inventé la pub ! la pub et la chienlit !

– Parfaitement ! Sous Salazar, Mémé et moi, on partouzait tous les soirs !

Le voilà qui gueulait carrément maintenant. Tout le monde regardait notre table. Mis à part un ou deux mecs qui se marraient, les autres étaient plutôt hostiles.

– Avec des Nègres et des Négresses même !

Il était déjà complètement pété et on venait d'arriver ! Lucien n'en pouvait plus de se marrer. Il se tenait les côtes.

– Mais on le gueulait pas sur tous les toits ! On en faisait pas des bouquins ! Mémé, elle se faisait pas photographier le cul ! Tu piges ?

Lucien était complètement acquis à Pépé. Il se tapait les cuisses. Il disait à Pépé qu'il était un génie.

– T'es un sacré génie, Pépé ! il disait.

– Ça empêchait pas les bonnes manières, d'ailleurs ! On s'habillait décemment quand même... Tiens, parfois, quand on allait à Luanda, on allait au club... On buvait un cognac, on fumait un cigare, on bavardait... Il y avait une pièce réservée aux partouzes... tu sais pas, un jour, tous les hommes étaient allés jouer aux cartes et je me suis retrouvé avec que des femmes... Une vingtaine de femmes... hé ! hé ! hé !

– Pépé ! j'ai dit.

– Une quinzaine de femmes pour moi tout seul, t'imagines ça !

– Pépé !

– Dix ! Je jure. Y en avait au moins dix ! rien que pour moi ! Eh ben, ça m'empêchait pas de les vouvoyer toutes...

J'ai fait un signe à la serveuse et j'ai recommandé deux bières pour Lucien et moi. Pépé a ajouté un verre de vin à la commande alors qu'il n'avait pas encore touché au deuxième. J'ai allumé une cigarette. Pépé regardait autour de lui.

– Ah ! les bistrots, j'adorais ça en Angola... Près de la ferme, sur la route de Zalala, il y avait un petit bistrot où on se réunissait tous les soirs, le *Diogo Cão*, on venait là après le travail, peignés et bien habillés, on tapait le fado… Il fallait marcher trois kilomètres dans la nuit, le long des champs de tournesols… C'était le bistrot du cul du monde…

Les bières tardaient, j'essayais désespérément de choper la serveuse mais le bar se remplissait de plus en plus et elle était sollicitée de toute part.

– Tous les fermiers blancs du coin venaient là. C'était enfumé comme t'imagines pas ! Beaucoup plus qu'ici ! Tout le monde fumait la pipe ! On buvait de la *bagaceira* et de la bière dans une chaleur infernale… Vers dix ou onze heures, quand il faisait un peu plus frais, on ouvrait les fenêtres. Il y avait des moustiquaires partout, on ouvrait, tout le monde s'agglutinait aux fenêtres, ça soufflait un peu… on en pleurait de joie… On reprenait de la bière… On discutait assis sur le chambranle des fenêtres, bercés par la brise et par les petits bruits familiers de la nature… Comme ils me manquent, ces petits bruits !

– C'est comme les Provençaux avec les grillons, j'ai dit. J'avais un pote d'Aix en exil à Paris qui passait des heures dans le métro à écouter les grillons en pleurant.

– Et les odeurs… l'humidité… le *Diogo Cão*…

– Moi, c'est du Nord que je suis nostalgique a dit Lucien. Je suis nostalgique des steppes fouettées par le vent glacé et de la mer en furie. Je suis nostalgique des forêts boréales et de la toundra.

– V'là autre chose, j'ai dit. Tu viens des forêts boréales ?

– Bien sûr.

Pépé inclinait la main sur son oreille pour essayer de suivre la conversation.

– C'est plutôt loin, ça ?

– Je suis nostalgique des reflets argentés sur les bouleaux, à l'aube. Nostalgique des arbres.

– Des arbres ?

– Et des peuples furieux.

– Écoute, Lucien…

– Des esprits vengeurs et des esprits apaisants.

Mais Pépé qui ne comprenait rien reprit son histoire de bistrot. Ça lui tenait manifestement à cœur.

– La dernière fois que je suis passé devant le *Diogo Cão*, c'était un matin, vers les onze heures, au volant d'une vieille Simca avec laquelle on fuyait vers Luanda pour être rapatriés en avion à Lisbonne. Les vitres étaient brisées, la porte d'entrée était grande ouverte, l'enseigne à terre, le tenancier gigotait tout doucement dans la brise légère, pendu au lampadaire…

Lucien se suçait les dents en hochant gravement la tête. Pépé a bu son verre de vin cul sec. Je tournais le fond de ma bière dans mon verre. J'ai pensé qu'un petit cognac serait le bienvenu. Et puis j'ai cru le penser mais je l'ai dit à haute voix :

– L'avantage du cognac, c'est qu'il donne une ivresse sereine.

Pépé et Lucien ont approuvé gravement et on a commandé trois cognacs en plus des bières et du vin.

Pépé était complètement dans ses souvenirs. Tout à coup, il a voulu chanter un fado, comme autrefois ! Il n'en démordait pas. Il prenait des airs gouailleurs.

– C'est que j'suis plutôt pas mauvais dans l'domaine.

Moi, j'étais plutôt contre par hantise du scandale mais Lucien approuvait bruyamment. Il disait qu'il fallait laisser Pépé s'exprimer :

– Chante-nous un beau fado, Pépé !

Pépé gonflait le torse.

– Attention, moi, je chante pas de la gnognotte pour touristes. N'est pas fadiste qui veut ! Il faut être aristocratique et misérable pour chanter le fado ! Réactionnaire et rebelle ! Gai et désespéré ! C'est un chant d'ivrogne mais d'ivrogne fier !

Il s'était détaché de la table, il a hélé la serveuse.

– Dites au barman de venir m'accompagner par ici avec sa guitare portugaise !

– Écoute, Pépé…

– Silence, on va chanter le fado !

Il gueulait carrément. Toute la salle s'est tue d'un coup. Le barman est arrivé avec sa guitare que Pépé a inspectée. Il comptait les cordes ! Il vérifiait qu'il n'y avait pas une larme dessinée dessus !

– Je chante pas s'il y a une larme ! Les guitares à larmes, c'est pour les petits pédés de Coimbra ! C'est pour chanter le fado intello ! Moi je chante lisboète !

Heureusement, le serveur se bidonnait. J'avais peur que Pépé ne se ridiculise complètement. Qu'il dérape définitivement dans l'indigne…

– Tu vas me jouer *o fado do emboçado* en ré, gamin !

Le barman a posé un pied sur une chaise en accordant sa guitare, tout souriant. Pépé a sorti un foulard de sa poche et se l'est noué autour du cou. Il s'est composé une mine douloureuse de bandit et s'est renversé en arrière sur sa chaise roulante pour mettre les mains dans les poches !

Le barman a commencé à jouer dans un silence religieux, imposant son *tempo*. Pépé avait les yeux fermés et soudain il s'est lancé, la voix chevrotante et mate, jouant avec les mesures, décalant légèrement sa mélodie… Lucien et moi, on n'en revenait pas ! Le serveur ne rigolait plus du tout ! Il s'appliquait ce qu'il pouvait ! Le chant de Pépé était intense, il gonflait et s'atténuait soudain, le phrasé découpait l'intonation et le sens des mots, la salle était en suspension, Pépé gardait les mains dans les poches, tout cambré sur sa chaise ! Lucien écoutait attentivement les paroles, ça parlait d'un client masqué dans un bouge à qui on demande d'enlever son masque, ce qu'il fait, découvrant qu'il est le roi du Portugal ! Le roi caché ! Lucien n'en pouvait plus du tout ! Pépé roulait le « r » de roi et le faisait traîner durant de longues secondes, j'avais des frissons partout, la chanson de Pépé faisait exploser toute la beauté d'un peuple perdu qui retrouve soudain son roi légitime… Ouin…

Quand il a eu fini, la salle lui a fait un triomphe du tonnerre de Dieu ! Pépé a ouvert les yeux, il a dénoué son petit foulard pour le ranger dans sa poche et il a salué le public en faisant des petites courbettes de la tête. Mais ils en voulaient encore ! Ils criaient « bis », « un autre », « on en veut encore ». Une fille est venue déposer une bise sur sa joue, elle en pleurait :

– C'est à se rouler par terre tellement c'est beau, disait-elle. Chante-nous-en un autre, Pépé !

– C'est que j'ai plus la voix de mes vingt ans ! lui a répondu Pépé.

– T'aurais vingt ans, je t'aurais épousé, a dit la fille.

Elle a déposé une deuxième bise sur la joue de Pépé avant de regagner sa table. Pépé conservait sa mine de bandit. Il était devenu star ! Il a recommandé du vin avec des grands gestes et le barman a décidé de nous arroser. L'ambiance de son bar s'était métamorphosée d'un coup. Le fado de Pépé avait mis de la beauté dans les cœurs.

– C'est moi que j'invite ! a dit le serveur. Vous payerez rien du tout ! régalade générale ! Soûlez-vous aux frais de la princesse…

– T'es vraiment un type épatant, Pépé, a dit Lucien.

Nous avons trinqué. Pépé se tournait vers le public et levait son verre…

– Épatant… répétait Lucien.

⋆ ⋆
⋆

Nous sommes sortis du bistrot complètement pétés. Il y avait du vent et nous avons commencé à redescendre du quartier haut. Il était très tard ; je poussais Pépé en réalisant que je n'allais pas forcément très droit. Et puis il s'est mis à pleuvoir tout à coup, une averse incroyable. Dès les premières gouttes, nous avons voulu nous abriter quelque part mais le temps de trouver un abri, nous étions déjà complètement trempés. Nous nous sommes finalement réfugiés dans un café encore ouvert, complètement désert. Pour entrer, il a fallu porter la chaise de Pépé à deux à cause de la marche. Accoudée au bar côté clients, la serveuse regardait la pluie sans rien dire en fumant doucement une cigarette. Elle était belle comme tout, les yeux grands et noirs, en amande, et les cheveux noirs également et longs. Nous avons installé Pépé à une table, Lucien est allé aux toilettes pour se sécher les cheveux, la serveuse était dans ses pensées et ne paraissait même pas nous avoir vus entrer. Je me suis approché d'elle avec une cigarette à la main et lui ai demandé du feu.

– Demande-z'y aussi du vin, gueulait Pépé.

Elle m'a tendu sa cigarette, j'ai collé la mienne dessus, j'ai tiré quelques bouffées saccadées. Tout à coup, ça a craqué dehors, un coup de tonnerre de l'enfer.

– Eh ben, on est propres, Pépé ! j'ai dit.

Je me suis retourné vers la serveuse :

– C'est Mémé qui va s'inquiéter…

Elle m'a regardé d'un air un peu hautain.

– Ça dure jamais longtemps, un orage.

Lucien est sorti de la salle d'eau avec la serviette des toilettes. Il s'est placé derrière Pépé et a commencé à lui sécher les rares cheveux qu'il avait sur le caillou. Pépé râlait, il disait :

– Arrête, vaurien !

– Tu vas choper la crève si tu restes mouillé !

– Pas du tout !

Il y a eu un deuxième coup de tonnerre, braoum, juste au-dessus de nos têtes et la pluie redoubla de violence. Je me suis adossé à la porte, je fumais ma cigarette, des gouttes de pluie coulaient sur mon front et dans ma nuque, je regardais la rue, la pluie rebondissait sur les pavés luisants et formait un petit nuage dont je pouvais sentir l'humidité. J'entendais Pépé derrière mon dos qui demandait un pichet de vin, je commençais à avoir un peu froid et puis il y a eu un troisième coup de tonnerre en même temps qu'un fantastique éclair, c'était féerique, tout s'est allumé pendant quelques secondes, la rue brillante, les pavés, la pluie même, en larges faisceaux blancs, et puis tout s'est éteint. Les lumières du café y compris. Pépé s'est mis à gueuler :

– Je suis aveugle ! Au secours !

Je me suis retourné.

– Tu vas surtout arrêter de picoler, Pépé !

– C'est pas tombé loin, a dit Lucien.

– C'est les plombs, a dit la serveuse.

Elle a allumé son briquet, a filé derrière le bar. D'un placard, elle a sorti des bougies qu'elle a allumées et qu'elle nous a tendues, à Lucien et à moi.

– Vous êtes une prévoyante ! j'ai dit.

On est allé placer les bougies dans la salle, sur notre table, sur le bar, l'ambiance est devenue étrange, les ombres tremblaient et se reflétaient sur les murs et sur le bar et sur le sol.

– Il y a des esprits mécontents en ce moment précis, a dit Lucien.

Je l'ai regardé d'un air suspicieux.

La serveuse m'a tendu un pichet de vin que je suis allé poser sur la table. J'ai servi trois verres, je lui ai demandé si elle voulait en boire un aussi.

– D'accord, elle a dit.

J'en ai servi un quatrième.

Nous étions assis tous les quatre dans le café désert, la porte ouverte, à regarder la pluie sans rien dire et à boire le vin. Parfois la rue s'éclairait d'un faisceau blanc électrique tandis que le ciel craquait et lâchait toute la flotte qu'il avait piquée aux océans.

Lucien est allé à la porte et il a balancé un verre de vin dans la pluie.

– Parfois ça les calme, il a dit en revenant.

La serveuse l'a regardé sans rien dire. Son coude était posé sur la table et sa tête reposait sur sa main. Elle ressemblait à une fadiste nonchalante et bohème. J'ai tendu une cigarette à Lucien.

– Tiens, donne-leur ça aussi, qu'on puisse rentrer à la pension.

Lucien a mis la cigarette dans sa bouche, l'a allumé, m'a regardé, a posé la cigarette dans le cendrier, a joint ses mains quelques secondes, a repris la cigarette et en a tiré une longue bouffée sans rien dire.

La serveuse s'est levée paresseusement pour chercher un autre pichet de vin.

– Le tout, c'est de trouver un équilibre, a-t-il dit finalement.

– Quel équilibre ?

– L'équilibre.

Il s'est relevé et a balancé un autre verre de vin dans la pluie.

– Kesse qui fout ? a demandé Pépé.

– Il cherche l'équilibre.

– Faudrait arrêter de gaspiller le vin comme ça.

– Il paraît que ça fait partir l'orage.

– Jamais entendu parler.

La serveuse soupirait. Lucien est revenu à table. On a fini le pichet sans rien dire. L'ombre du fauteuil de Pépé s'étirait sur le sol en tremblant et Pépé s'est endormi la tête renversée en avant. Lucien et la serveuse se regardaient dans les yeux. Soudain, Lucien s'est levé à nouveau. Il a pris la serveuse par la main et l'a entraînée dans une salle à l'écart. Je trouvais qu'il exagérait un peu. Il a fermé la porte et m'a laissé seul avec la pluie et Pépé qui bavait dans son sommeil. Quand ils sont ressortis, il ne pleuvait plus. La serveuse a débarrassé les verres et les pichets sans rien dire et nous sommes sortis du café. Pépé s'est réveillé en maugréant. Il y avait une petite flaque de vin dilué sur le trottoir. J'ai dit à Lucien :

– Elle était bizarre, cette serveuse, non ?

– C'était un cadeau.

– Un cadeau ?

– Un cadeau de Macil'loz.

– Kiki ?

– L'esprit de la forêt, c'est un ami à moi.

– …

– Il aime beaucoup le vin.

* *
*

Nous sommes redescendus vers la pension. Les rues étaient mouillées, les pavés brillants et ça descendait plutôt raide. On est repassé par la place Camões et on a pris la rue *do Alecrim*. On était presque arrivé en bas quand j'ai glissé bêtement. Je me suis vautré sur le dos et Pépé est parti tout seul sur sa chaise ! Il a commencé à hurler comme un damné dans la nuit. Lucien qui marchait derrière s'est mis à courir. Je me suis relevé en vitesse et je lui ai couru après, moi aussi. Mais ça glissait tellement sur ces pavés à la con que je suis tombé à nouveau. Et Pépé qui dévalait la pente ! Je voyais ses bras qui s'agitaient dans tous les sens.

– Tiens bon, Pépé !

Je me suis relevé. Lucien arrivait en courant derrière moi. Pépé prenait de la vitesse…

– Ouin ! Ouin ! disait Pépé.

– On est là, Pépé ! disait Lucien.

On cavalait maintenant à la même hauteur, Lucien et moi, mais Pépé nous semait. Il accélérait énormément !

– Bon Dieu de merde, je disais… et puis j'ai crié :

– Attends-nous, Pépé !

On cavalait comme des fous, Pépé arrivait sur la place du duc de Terceira à fond la caisse. Le feu clignotait à l'orange à cette heure.

– Pourvu qu'il n'y ait pas de bagnoles, disait Lucien.

– Tu peux pas demander à ton pote de faire quelque chose ?

– Quel pote ?

– Massy machin… Çui qu'aime le vin…

– C'est pas l'État-providence…

– Putain, une bagnole !

Une bagnole arrivait de la gauche en effet, j'étais prêt au pire… Pépé qui valdingue dans les airs… Le choc de la mort… Que dire à Mémé… Heureusement, le type a vu Pépé débouler et il a freiné violemment en klaxonnant… ça a crissé, la voiture a dérapé, elle a tourné en vrille et puis elle a fini contre la statue du duc au milieu de la place… crash !… Pépé fonçait à gauche du *Caïs de Sodré* à présent… vers le Tage… toujours plus vite… On arrivait sur la place à notre tour…

– On arrive, Pépé !

Sur le quai, il y avait un petit muret de quarante centimètres de haut. Pépé est arrivé en plein dessus, la chaise s'est écrasée tout contre, stoppée net, elle s'est cabrée et hop ! Pépé a fait le grand saut ! le vol sur cinq mètres au moins ! direction le Tage ! On a entendu un grand aaaaaaah ! et plouf ! Pépé aspiré par les eaux noires et froides du Tage ! Je me voyais déjà au procès… J'ai glissé, monsieur le Juge… Perpétuité ! Ouin ! On a enlevé nos vestes en une seconde et on a plongé tous les deux. On barbotait dans l'eau froide… j'appelais Pépé :

– Pépé ! Pépé ! fais pas le con !

Il y avait du courant... Je regardais à la surface. On y voyait rien du tout. Lucien plongeait et remontait, replongeait, remontait...

– Alors ?

Je suis allé un peu dans le sens du courant et puis j'ai plongé moi aussi. Il faisait encore plus noir dessous. J'avais peur que les grosses bêtes des fleuves me dévorent... j'étais pas rassuré du tout... Je gigotais sous l'eau pour dissuader les prédateurs...

– Il est énorme, ce putain de fleuve !

Sur l'autre rive, on pouvait distinguer les petites lumières des paquebots amarrés. Il y avait des vaguelettes nerveuses et épileptiques. Bourré comme je l'étais, j'avais peur de faire une soudaine et méchante hydrocution, de couler à pic et dans les terribles courants sous-marins d'être emporté jusqu'à Rio de Janeiro ! Mon cadavre tout bleu aux yeux exorbités rejeté sur Copacabana au milieu des filles formidables à poil qui se mettent à crier de peur et de dégoût... La samba qui s'arrête tout à fait. « Le cadavre d'un bête Français assassin de Pépé rejeté dans la baie de Rio... », je passais un sale quart d'heure.

Soudain, Lucien est remonté en gueulant. Je ne le voyais même pas tellement il faisait nuit.

– Je l'ai ! il a dit.

Je suis retourné dare-dare vers la berge en barbotant comme un animal malade et on a sorti Pépé de l'eau. Il était inconscient. Lucien l'a allongé par terre et lui a fait du bouche-à-bouche. Pépé a ouvert un œil puis le deuxième sans rien dire.

– Alors, Pépé ? T'es le roi des déconneurs, ma parole !

Nous l'avons remis sur son siège et je lui ai posé ma veste sur le torse. Le fauteuil était un peu plié, les roues étaient voilées mais ça roulait quand même. Pépé ne disait toujours rien.

Au moment où on partait, le type à la bagnole plantée contre le duc est venu vers nous. Il n'était pas content. Il disait qu'on était responsables de son accident.

– T'as vu ça où, tête de nœud ! Pépé venait de la droite et les feux étaient à l'orange !

– Oui, mais…

– Pas de oui mais, a dit Lucien. Et en plus, on est pressés.

Mais le type insistait. Il voulait qu'on signe un constat ! Qu'on dessine Pépé en fauteuil qui déboule de la droite ! Sans lumières ! Sans blagues ! Lucien lui a mis un grand coup de tête dans le nez et on est partis en courant, poussant la chaise loqueteuse. Deux rues plus loin, on a ralenti l'allure. Pépé n'avait toujours rien dit. Les nuages se dispersaient et on voyait la lune à présent. On tremblait tous les trois, l'eau dégoulinait de partout, la chaise roulante couinait et on ne disait rien du tout et la lune éclairait nos faces blêmes et éreintées. Arrivés à la pension, nous avons monté Pépé dans sa chambre. Il était quatre heures du matin et Mémé ne dormait pas. J'ai ouvert la porte et mis Pépé dans le lit. J'ai dit à Mémé qu'on avait été surpris par l'orage… Pépé, une fois dans son lit, a enfin ouvert la bouche. Il a dit :

– Keski s'est passé, nom de Dieu ?

– C'est l'orage, t'inquiète pas Pépé, repose-toi maintenant...

J'ai accompagné Lucien à la porte du bas et j'ai monté le fauteuil que j'ai laissé dans le couloir, devant la chambre de Pépé et Mémé. J'ai fumé une cigarette dans la salle télé et je suis monté dans ma chambre. J'ai ouvert la porte discrètement, l'ai refermée. Mes pas s'écrasaient dans mes chaussures pleines d'eau, ça faisait plouf plouf plouf, la lumière s'est allumée et la baignoire et les tracasseries redoutables d'une existence sacrifiée.

6

La dernière semaine de cours — Lucien fait la bestiole — les danses chamaniques — le deal *— une soirée chez lui — Morquam — le naufrage du galion Saint Jean — avant, c'était impossible de se faire chier — tandis qu'aujourd'hui — Pépé a rêvé qu'on le foutait dans le Tage — Cécile n'est pas pudique — Lucien recommence avec ses arbres — la taïga — histoire du Selkoupe qui parlait le russe — comment et pourquoi Lucien est devenu chaman — la femme à Lucien — Macil'loz — la magie du monde — l'arrogance des catholiques — Dulce regarde la télévision — un verre de vin sur la terrasse — les filles se racontent tout — elles dorment ensemble — et s'agrippent dans les ténèbres.*

On entamait la dernière semaine de cours. Alors que j'étais en train de m'asseoir à ma place, à côté du Batave, Cécile est venue me voir. Elle m'a dit qu'elle aimerait bien me parler après le cours.

– O.K., Cécile, pas de problème, j'ai dit.

À la fin de l'heure, elle m'a rejoint devant l'institut. Je lui ai proposé d'aller boire un coup mais elle préférait marcher un peu.

– C'est à propos de ton pote, elle a dit.

– Lucien ?

– Ben ouais.

Nous sommes allés jusqu'à la place du Commerce et de là, nous sommes descendus sur les berges, le long du Tage. L'après-midi s'achevait lentement dans la douceur. Nous nous sommes assis au bord de l'eau, les pieds dans le vide, à un mètre du fleuve.

– Alors ?

– Tu le connais bien, Lucien ?

– Pourquoi ?

– Il est un peu bizarre, non ?

– Raconte, on verra bien.

– La dernière fois quand t'es parti... Il a fait un truc bizarre...

– Quel truc ?

– Ch'ais pas. Un truc bizarre.

– Il t'a sautée ?

– Oui, mais c'est pas ça qu'est bizarre. C'est la manière qu'il l'a fait qu'est bizarre. Ça m'a même foutu les jetons.

– Bon, ben raconte alors !

– Ben... Quand t'es parti, j'ai compris qu'on allait faire la chose... Alors je commence à me déshabiller... et puis il me dit qu'il faut qu'il se prépare pour l'acte. Alors, il se déshabille, lui aussi... complètement, tu vois. Et puis il range ses vêtements au fur et à mesure...

– Bon, ben il est soigneux, c'est tout.

– ... et puis, il met une espèce de peau d'animal sur le dos et des cornes sur la tête.

– Des cornes ?

– Ouais, tu sais, les trucs des cerfs avec du velours dessus...

– Une ramure ?

– Ouais, une ramure, c'est ça... Une ramure sur un casque qu'il a accroché sous le menton.

– Merde alors...

– Après, il s'est mis à danser. Enfin, c'était pas vraiment une danse, c'était bizarre, il était à quatre pattes, il criait, il faisait des bonds, il bavait...

– Merde alors...

– Il était à poil, il bandait et il faisait des bonds de cabri, et parfois il levait la tête et hululait au ciel ; il faisait des bruits qui venaient de la gorge aussi et sa bave devenait mousseuse autour des lèvres...

– Nom de Dieu... de nom de Dieu...

– Je commençais à flipper sérieusement et tout à coup il me saute dessus, il me met par terre, il me retourne et il commence à me sauter en disant des choses incompréhensibles... Un peu comme des trucs de magicien, tu vois ? Abracadabra et tout ça...

– Merde... alors...

– Et puis aussi... Pendant qu'il me sautait, il m'a demandé d'aboyer, ce que j'ai fait, et plus j'aboyais, plus il me sautait fort... Je voyais nos ombres au mur, moi à quatre pattes et lui avec la ramure sur la tête et la peau sur le dos en train de me défoncer... C'était bizarre, j'étais pas tout à fait rassurée... mais j'ai joui quand même... Enfin, tu vois... Quand il a eu fini, il s'est laissé tomber sur un petit tapis, il s'est recroquevillé et il est resté quelques minutes ainsi...

– Merde alors...

– Je lui ai demandé si ça allait, je disais « Ça va Lucien ? » mais il répondait pas, il tremblait et il faisait les yeux blancs. Et puis au bout d'un moment, il s'est relevé et il m'a dit que les esprits venaient de lui dévorer une partie de l'âme et que c'était normal, que c'était le *deal*, qu'il faut partager le produit de la chasse ou un truc comme ça...

– La chasse ?

– Ensuite, il s'est rhabillé et il a roulé un joint. Il m'a dit que grâce à moi, il avait pu faire l'amour avec sa femme et qu'il était bien content. « T'es marié ? » je lui demande. « Oui, il répond, mais je la vois pas souvent parce qu'elle n'habite pas dans le royaume des apparences. » Je lui ai dit qu'il me foutait les foies avec ses histoires à la con et il m'a répondu qu'il ne fallait pas avoir peur des esprits tant que j'étais avec lui. « Si y a un problème, c'est moi qu'écope, il a dit, c'est le *deal*. »

– Merde alors...

– C'est tout. Il m'a dit aussi que je pouvais dormir chez lui si je voulais et c'est finalement ce que j'ai fait parce que je n'ai pas osé rentrer chez moi à cause que c'était l'aube. Il a été très gentil sinon, mais tu vois, c'est bizarre quand même cette ramure et cette peau d'animal ? Kesse t'en penses ?

– Écoute, j'ai dit, faut pas paniquer... Heu... le tout, c'est de pas paniquer...

Trois jours après, je suis allé voir Lucien chez lui, après le dîner. J'avais parlé à Ana de ces histoires de ramure, si bien qu'elle avait voulu venir avec moi.

– S'il refait la bestiole, je veux être là.

On a sonné. Lucien est venu nous ouvrir. Quand nous sommes entrés dans le studio, nous avons vu Cécile, à poil dans le lit ! Manifestement, ça ne l'avait pas tant effrayée que ça, le coup de la bête sauvage.

– Excuse-nous, Lucien, j'ai dit. On pensait pas te déranger… On repassera.

Mais il a dit qu'on ne le dérangeait pas du tout et qu'on pouvait rester. Ana le regardait du coin de l'œil. Nous nous sommes assis par terre sur un grand tapis au pied du lit. Lucien nous a demandé ce qu'on voulait boire mais de toute façon il n'avait que du vin alors il a ouvert une bouteille de vin et nous a servi un verre, en commençant par Ana.

– Ça fait plaisir de te revoir, lui a-t-il dit pendant qu'il la servait.

Ensuite, il a rempli le verre de Cécile, le mien, le sien, et il est allé se placer devant un tableau qu'il nous a montré du doigt tout en s'en approchant. Le tableau représentait une caravelle portugaise. En arrière-plan, on voyait le dos d'une baleine sortir de l'eau et son jet dans le ciel se transformait en croix blanche.

– C'est Morquam, il a dit. Elle se balade au large du Japon. Son jet prend parfois l'aspect d'une croix neigeuse ; elle est responsable de milliers de conversions de marins japonais.

– Eh ben, elle est belle cette baleine, j'ai répondu.

Il travaillait également à un autre tableau qui représentait un naufrage, celui du galion *Saint Jean* revenant de Cochin en 1552 avec 7 500 tonneaux de marchandise et qui, pris dans un orage violent, s'était échoué sur les côtes du Mozambique.

– C'est magnifique, il disait. Des milliers de Portugais et d'esclaves échoués sur une terre hostile et qui s'organisent tout de suite… et dans la hiérarchie… C'est dans le malheur qu'on voit vraiment ce que vaut un peuple, croyez-moi.

– Et ils s'en sont sortis ? a demandé Ana.

Il a rigolé.

– Tu penses. Ils auraient eu plus de poudre, je dis pas. Ils ont passé des mois à errer, attaqués par les Cafres, victimes de la dysenterie… ils tombaient les uns après les autres… La femme du capitaine s'est faite attraper par les sauvages qui l'ont laissée à poil dans la forêt ! Elle est littéralement morte de honte… Voyager, c'était pas rien à l'époque…

Il s'est tu, a pris un pinceau, a mis un petit peu de blanc autour de la croix rouge de la grand-voile.

– C'était quelque chose, les navigateurs de cette époque, croyez-moi, il a dit soudain.

– On te croit, j'ai dit.

Au bout d'un quart d'heure, il a posé son pinceau sur la palette, a pris son verre et s'est assis à côté de nous tout en continuant à regarder le tableau. Il a dit :

– Tu vois, moi, j'aurais voulu être un découvreur. J'aurais voulu être avec Cabral quand il a découvert le Brésil.

– Ça devait être impossible de se faire chier, j'ai répondu.

– Tout était nouveau. Tout était différent. Tout était à construire. T'imagines ça ?

– Impossible de se faire chier...

– Tandis qu'aujourd'hui...

– On se fait chier.

Ana ayant fini son verre, elle a chopé la bouteille et s'en est resservi une rasade et puis elle a tendu la bouteille à Cécile qui a fait pareil.

– Alors, il a bien récupéré, Pépé ? a demandé Lucien.

C'était pourtant le sujet à éviter mais il ne le savait pas. Le scandale avait été énorme à la pension, tout le monde m'était tombé dessus, Dulce et Ana les premières. On m'avait traité d'assassin de vieux, de gérontophobe, de salaud : rentrer si tard et si bourré avec un si vieux Pépé ! En plus, il avait attrapé la crève le lendemain, Pépé, et Rosario m'avait dit qu'à son âge, ça pouvait être fatal... Pépé était pourtant tout épanoui. Il disait que depuis l'Angola, il n'avait pas passé une soirée aussi marrante... Une chose le tracassait néanmoins. Il m'avait chopé discrètement :

– Dis donc, j'étais complètement pété l'autre soir, n'est-ce pas ?

– Oui, Pépé.

– Je me suis endormi sur le fauteuil ?

– Oui, Pépé.

– J'avais le sommeil agité ?

– Oui, Pépé.

– Tu sais que j'ai fait un sacré cauchemar...

– Ah bon ?

– J'ai rêvé que vous me foutiez dans le Tage, toi et ton imbécile de pote !

– Ha ! ha ! ha ! Sacré Pépé farceur !

L'affaire en était restée là.

– Il est en pleine forme, j'ai répondu à Lucien.

– Tant mieux.

Cécile a bu son verre de vin en deux gorgées puis elle s'est penchée pour reprendre la bouteille et s'en resservir un autre. Elle a enlevé le drap qu'elle avait autour du torse et elle s'est assise en tailleur, les seins à l'air. Personne ne lui avait rien demandé mais elle a dit :

– Je suis pas pudique.

– Tant mieux, a dit Lucien. La pudeur du corps est un truc de catholiques. Nous, on a pas honte de la nudité.

J'essayais de regarder ailleurs mais dès que je pouvais, je balançais discrètement un coup d'œil sur Cécile. Elle avait une peau légèrement brillante et cuivrée et des tétons brun foncé.

– On a pas honte des arbres non plus, disait Lucien.

– Tu recommences avec tes arbres ? j'ai dit.

– Les arbres, le corps, c'est tout pareil.

– Je trouve pas, a dit Ana.

– C'est que tu viens des déserts.

– Ça m'étonnerait, vu que je suis née à Noisy-le-Grand.

Lucien a soupiré.

– Moi, je viens des forêts boréales, il a dit. Y a des millions d'arbres.

– T'as vraiment habité là-bas ? j'ai demandé.

– Il y a très longtemps.

– T'as fait des chantiers ?

Il m'a regardé en fronçant les sourcils.

– Des chantiers dans la taïga ?

Cécile a gloussé bêtement. Lucien a bu une gorgée de vin :

– T'as une idée de ce que c'est que la taïga ?

– Ben… moyen, j'ai dit.

– C'est la forêt des forêts, mec. Elle est tour à tour dense et clairsemée, couverte de trembles et de bouleaux et puis d'épicéas, de pins, de mélèzes, plus on monte au nord… Elle s'étend sur des milliers et des milliers de kilomètres carrés, elle est traversée par des fleuves et des rivières… Elle est immense et majestueuse, le climat y est rude, des froids que t'imagines même pas… À se rouler par terre… C'est là que se sont réfugiés les esprits du monde… Le seul chantier là-bas, c'est le grand chantier magique de la régénérescence du monde.

– Alors qu'est-ce que t'as été y foutre dans cette jungle ?

– J'ai ma famille là-bas.

– Alors t'es chinois ? a demandé Cécile.

– Je suis un chaman, faut pas tout confondre.

– Et t'y vas souvent ? a demandé Ana.

– De temps en temps.

– T'y vas en avion ? j'ai demandé.

– Écoute, mec, je te répète, je suis un chaman. Un chaman, ça prend pas l'avion. Je voyage par mes propres moyens.

– Comment que t'y vas alors ? a demandé Cécile.

– En esprit, a répondu Lucien. C'est plus rapide.

Il m'a regardé dans les yeux :

– Je t'emmènerai un jour.

– C'est sympa.

Cécile profitait de notre présence pour se renseigner un peu plus sur son nouvel amant.

– Et comment ça s'fait qu't'es chaman ? elle a demandé.

– J'ai été choisi par la fille de l'esprit de la forêt.

Ana a ouvert la bouche comme un poisson en train de crever.

– On ne peut pas échapper à son destin. Si la fille de l'esprit de la forêt te choisit, tu ne peux pas lui refuser. C'est comme ça.

– Ah bon ?

– Il y a pas si longtemps vers chez moi, un Selkoupe, un mec brillant qui parlait le russe, avait cru pouvoir refuser à la fille de l'esprit de la forêt le don chamanique qu'elle lui offrait. Il est tombé malade et s'est tout d'abord fait soigner à Krasnoïarsk puis à Moscou. La journée, il paraissait normal. Mais dès que la nuit tombait, il se mettait à hurler, il pleurait, il suppliait les esprits de le laisser tranquille, il essayait de se défendre, le pauvre… Il a fini sa vie dans la forêt, tout seul dans une cabane, complètement sauvage. Il avait aménagé un petit espace rituel sur lequel il avait placé des poupées d'enfant qu'il nourrissait tous les jours pour apaiser Macil'loz. Mais Macil'loz ne le laissait pas tranquille pour autant… Qu'est-ce tu crois ?

– Qui c'est qui t'a raconté ça ?
– Macil'loz.
– Ah, d'accord.
– C'est qui Macil'loz ? a demandé Ana.

J'ai répondu à la place de Lucien, d'un air blasé :
– C'est l'esprit de la forêt, ma chérie.

Cécile s'est resservi un verre de vin. Elle tanguait toute seule dans le lit.

– Et puis après, j'ai été élu...
– Tu fais de la politique ? a demandé Cécile.
– ... j'ai été élu par les esprits réunis. Je pouvais encore moins leur refuser quoi que ce soit. Je suis donc allé dans leur monde pour la première fois, je me suis familiarisé avec eux. Mon corps a été démembré complètement puis reconstitué. Faut pas croire que ce soit marrant d'être chaman.
– Tu me fous les foies avec tes conneries, a dit Cécile.
– J'ai disparu du monde pendant un certain temps. Puis je suis revenu. Je suis marié à présent. J'ai des responsabilités.
– Ouais, mais ta femme, elle est où ? j'ai dit.
– Elle vit avec les siens.
– Pourquoi tu la rejoins pas ?
– Je la rejoins parfois, quand son père le permet.
– Son père ?
– Macil'loz.
– Ah, d'accord.

Ana s'est resservi une grande rasade de vin elle aussi, sans quitter Lucien des yeux.

– Je l'ai vu il y a quelques jours grâce à Cécile.

– Elle va bien ?

– Des petits problèmes domestiques comme tout le monde mais globalement ça va.

J'ai sifflé d'admiration, me suis sucé une dent et me suis levé pour chercher une autre bouteille de vin parce que la première était vide. J'ai pris un balai posé à côté du frigo et l'ai montré à Lucien en me marrant.

– C'est avec ça que tu voyages ?

Cécile a rigolé bêtement, reproduisant à peu près le bruit d'une canalisation qui se débouche violemment.

– T'auras le temps de voir comment je voyage, a dit Lucien.

J'ai débouché la bouteille de vin que j'ai posée au milieu du tapis sur lequel on était assis puis j'ai allumé une cigarette.

– C'est cool tout ça, j'ai dit.

– C'est pas si cool, mon vieux, a dit Lucien. C'est d'autant moins cool que la plupart des gens ont tendance à me prendre pour un abruti ou pour un débile.

– Ah bon ?

– J'ai connu une fille qui croyait que quand elle bouffait un bout de pain azyme, ce bout de pain se transformait en viande dans sa gorge.

– Ouais ?

– Elle le croyait vraiment.

– Pourquoi pas...

– Quand je lui ai parlé de l'esprit de la forêt et de la magie du monde, elle m'a dit que c'était *puéril*.

Il a bu une gorgée de vin en faisant une grimace comme si ça lui avait fait mal. Il a répété :

– Puéril...

Et encore :

– Puéril…

Il a baissé la tête et il a presque chuchoté :

– Non seulement les catholiques ont salopé le monde mais en plus ils sont arrogants.

– T'aimes pas les catholiques ? a demandé Ana.

– « J'appelle le christianisme l'unique grande malédiction de l'humanité », a répondu Lucien.

Ensuite, il s'est levé pour allumer ses deux petites lumières rouges. Je me suis frotté les mains en souriant à Ana dont les pupilles étaient complètement dilatées à cause de la pénombre, à cause du désir de l'homme, à cause de l'émerveillement des choses et Lucien a roulé un joint qu'il a allumé et m'a tendu. Au moment de le passer à Cécile, j'ai vu qu'elle s'était lamentablement écroulée sur le lit et qu'elle dormait.

– Déjà ? j'ai dit.

– Ça fait quatre heures qu'elle a commencé, a dit Lucien.

– Elle a pas aboyé ?

– Elle apprend à dominer ses sentiments.

On a continué à bavarder du pays de Lucien en fumant des joints et en buvant du vin et puis Ana a voulu rentrer et nous sommes partis alors que Lucien se remettait lentement devant une toile et que Cécile dormait. En arrivant au premier étage de la pension, nous avons vu de la lumière grisâtre dans la salle commune et y avons jeté un coup d'œil. C'était Dulce. Elle était assise dans les ténèbres et regardait la télévision dont les images effrayantes se cognaient aux murs de la pièce et la teintaient d'un halo sinistre et moribond. Nous étions sur le pas de la porte devant le spectacle, épouvantés.

– Ben alors, Dulce ? a dit Ana.

– J'arrive pas à dormir, a-t-elle répondu.

– C'est pas une raison pour s'enfoncer dans la mort, j'ai dit.

– Viens boire un coup sur le balcon, a dit Ana.

Elle s'est levée du sofa et nous a suivis.

– Tu sais où elle range le picrate, Rosario ? j'ai demandé.

– Ouais, elle a répondu.

Elle est allée à la cuisine en silence. Je suis monté avec Ana et j'ai disposé trois chaises autour de la petite table blanche en plastique du balcon. Je me suis assis, j'ai allumé une cigarette et j'ai regardé le Tage. Il faisait doux, une petite brise soufflait tout doucement. Il y avait des points scintillants sur l'eau noire et on entendait les sirènes des paquebots, sombres et plaintives, et puis ça bramait soudain. Ana s'est assise elle aussi. Elle a posé ses pieds sur la rambarde du balcon sans rien dire. Elle soupirait de temps en temps dans la pénombre. Au loin, on entendait les rumeurs de la ville que recouvrait le silence du fleuve quand les sirènes se taisaient. Dulce est arrivée avec un bidon en plastique de cinq litres de picrate artisanal.

– On va tenir le coup avec ça, a-t-elle dit.

Comme nous n'avions que deux verres, je suis allé à la salle de bains chercher le gobelet de la brosse à dents que j'ai pris pour moi. Il y avait des traces de dentifrice sur les bords.

– Lave-le avant de t'en servir, a dit Ana.

– C'est bon comme ça.

J'ai rempli les verres à ras bord et j'ai posé le bidon par terre. Nous avons trinqué en silence avant de boire.

– L'est meilleur que d'habitude, a dit Ana en regardant son verre.

– C'est parce qu'on est sur le balcon.

– Peut-être…

La nuit était claire. Sur l'autre rive, on devinait le petit Christ brésilien et ses bras en croix. Un bruit lointain et métallique, qui venait certainement des chantiers de Cacilhas — un peu comme une immense poutre en fer qui s'abat sur le sol — glissa longtemps sur l'eau. Ensuite, c'est la longue et grave sirène d'un bateau qui s'est élevée dans l'espace et Ana a dit que ça lui donnait des frissons sur tout le corps et ses bras se sont en effet hérissés de petits poils transparents.

– J'arrivais pas à dormir, a dit Dulce.

– Personne n'arrive à dormir, j'ai dit.

Je l'ai entendue changer de position sur sa chaise, boire une gorgée de vin et reposer le verre sur la table.

– Je peux rester avec vous ce soir ? a dit Dulce.

– Si tu veux, j'ai répondu.

– Ma chambre me fait peur, elle a dit.

Et puis c'était le silence pendant quelque temps.

– Tu sais, j'ai dit à Ana, pour nous.

– Je sais.

Un autre silence, un peu plus long et un peu plus silencieux. Ana change ses pieds de position sur la rambarde. Un autre bruit métallique à l'horizon acoustique.

– C'est de tendresse qu'on a besoin, a dit Ana.

– Je sais, j'ai dit.

– J'ai froid à présent, a dit Dulce.

– Alors allons nous coucher.

On a laissé les verres et le picrate sur le balcon et j'ai fermé la porte-fenêtre. On s'est couché tous les trois dans le lit et on s'est agrippé dans le désespoir de la nuit ; parfois les sirènes des bateaux s'élevaient encore du fleuve et avant de m'endormir j'ai entendu Dulce sangloter à voix basse.

7

Visite du chantier — les chevaliers — João — chargeuse-pelleteuse et autres chenilles — Césario — l'inspection de l'armée jaune — tout se met en branle — la grue de Lucien — Gengis Khan — le pont Vasco de Gama — au boulot — la pause — les ouvriers — les chantiers de Lucien — communistes ! — dans la grue — un as est né — les conseillers d'orientation sont des pleutres — fin de journée — tout le monde aime Romain — il est à l'aise sur le chantier — il crache par terre — on va boire un coup — Maria — le pont sur le Rhin — le Bartolomeu Dias *— le culte du maillot de bain — le pendule — Niourgoun le Yacoute — retour à la pension — Romain pilote la grue devant Ana — elle croit qu'il a joué à la gameboy toute la journée — elle comprend finalement — on cherche Dulce et on fête ça — Romain fait le malin — il devrait pourtant faire gaffe à ses petites couilles.*

Lucien avait proposé de me faire visiter le chantier sur lequel il travaillait. Il m'a fixé rendez-vous dans un café à six heures et demie du matin et nous y sommes allés ensemble. Le chantier était situé à Bélem, tout près du monastère ; on y construisait un vaste complexe immobilier. Nous sommes allés directement dans une petite baraque en préfabriqué à l'entrée du chantier, dans laquelle un type était assis derrière un bureau.

– Salut Pontifex, a dit le type quand on est entré.

– Salut, a répondu Lucien.

Ensuite, nous sommes allés dans une autre baraque à côté de la première, Lucien a enfilé une paire de bottes et m'en a tendu une. Puis, il a mis un casque jaune sur la tête, m'en a tendu un autre et il a dit :

– C'est comme les chevaliers.

J'ai mis le casque et les bottes sans rien dire et nous sommes sortis de la baraque. Il y avait de la boue partout. On a croisé un engin immense à l'arrêt avec une pelle à l'avant dont les roues étaient aussi hautes que moi. Un type debout sur la roue était en train de visser quelque chose à la porte de la cabine.

– Salut João, a dit Lucien.

– Salut Pontifex, a dit le type, et il a sauté de la roue pour venir serrer la main de Lucien.

Lucien m'a montré l'engin du menton :

– C'est ce qu'on fait de mieux dans les chargeuses-pelleteuses, pas vrai, João ?

– Sûr que c'est vrai, a dit João. T'auras qu'à venir écouter le moteur quand je charge.

– Ah bon ? j'ai dit.

– J'évacue quinze tonnes de terre dans la matinée si je veux, a dit João.

J'ai haussé les sourcils pour montrer combien j'étais étonné et nous avons continué notre chemin.

– Laisse tomber, a dit Lucien. C'est des conneries. Ou alors il empiète sur sa pause de midi.

Il m'a montré un autre engin sur la gauche, avec des chenilles et une grande pelle articulée.

– Ça c'est une pelle Liebherr 974. Elle passe partout. Un bijou.

Il a fait un signe au conducteur qui venait de s'installer dans la cabine. Celui-ci a rouvert la porte et a gueulé :

– Salut Pontifex !

J'ai plissé les yeux et je me suis approché de l'engin. Le conducteur était noir de peau et je me demandais si c'était bien lui. Je me suis approché encore et nous nous sommes finalement reconnus en même temps.

– Alors, c'est toi ? Ha ! ha ! ha !

C'était le Capverdien de la pension.

– Kesse tu fous là ? il a demandé.

– Moi qui croyais que t'étais muet ! j'ai dit. À bouffer ta soupe sans rien dire ! Te voilà causant sur une pelle avec des chenilles !

On rigolait à cause de la rencontre.

– Tu connais Pontifex ? il m'a demandé.

– Lucien ? Bien sûr que je le connais…

Debout sur les chenilles, il rigolait, fléchissait légèrement les jambes comme pour faire des exercices de gymnastique et il se remettait les boules en place. Lucien a dit :

– Alors, vous vous connaissez ?

– Tiens ! Puisqu'on est voisins !

– Mais on s'connaît pas les noms, a dit le Cap-verdien.

Lucien nous a présentés :

– Romain, Césario… Césario, Romain…

– Eh ben, voilà !

– Ha ! ha ! ha !

– Je dirai à la pension que t'es pas un gland !

– Bon, on doit continuer, a dit Lucien.

Nous nous sommes éloignés et j'ai salué Césario en lui faisant des signes avec la main. J'étais bien content de connaître quelqu'un dans ce chantier.

– C'est un bon, Césario, a dit Lucien. Quand il creuse, il se fout en transe.

– C'est bien, ça, j'ai dit.

Il y avait des tas d'autres engins jaunes partout sur le chantier. Des tracto-pelles, des niveleuses, des pelles sur pneus… Les conducteurs commençaient maintenant à démarrer tout ça. Il était sept heures ; tout se mettait en branle… Les petits capuchons sur les tuyaux d'échappement commençaient à vibrer… Les lourds moteurs Diesel crachaient comme des vieux fumeurs… C'était les Vingt-Quatre Heures Tortue qui commençaient… Les gros monstres immobiles… On marchait au milieu et les pelles se levaient à notre passage. Les bras se tendaient derrière les vitres et nous saluaient. Lucien me décrivait chaque combattant…

– Ça, c'est une Caterpillar 375, le moteur est increvable…

– Ça, c'est une pelle hydraulique sur pneus Hyundai, quand c'est difficile d'accès, elle y va...

– Ça, c'est la nouvelle CX 210. La cabine a été complètement redessinée. Tu te crois dans une Rolls...

C'était l'inspection de l'armée jaune !

Lucien faisait un signe de la main à tout le monde. Je m'attendais à le voir faire le salut main sur la tempe ! Ils ouvraient les portières et derrière le vacarme des moteurs, on entendait des « salut Pontifex ! » et on devinait des sourires à la pelle et les pelles qui se courbaient...

– Ils t'aiment bien, dis donc...

– Quand un mec manipule vingt tonnes au-dessus de ta tête, c'est mieux de bien l'aimer.

– C'est sûr, j'ai dit.

Et puis nous sommes arrivés au milieu du chantier où se dressait la grue de Lucien. Il s'est arrêté devant sans rien dire et a levé la tête vers la flèche comme s'il la voyait pour la première fois.

– Alors ?

J'ai sifflé.

– C'est une grue à tour, le montage se fait par éléments. Cent huit mètres de haut. Je peux porter jusqu'à cinquante tonnes, vingt tonnes en bout de flèche. La flèche fait quatre-vingts mètres. Kesse t'en dis ?

J'ai allumé une cigarette en regardant vers la cabine.

– Sois toujours extrêmement conscient d'un truc, mec, a dit Lucien. Gengis Khan aurait eu trois grues comme celle-là, aujourd'hui tu parlerais mongol.

Il a vérifié les patins de calage pendant que je fumais ma cigarette. Le chantier tournait complètement à présent. On entendait les moteurs qui gueulaient quand les pelles s'enfonçaient dans la terre. Un petit engin est passé rapidement à côté de moi, piloté par un type sans casque, une cigarette aux lèvres. Une petite bétonneuse tournait au ralenti pendant qu'un ouvrier balançait des pelletées de sable à l'intérieur. Un autre venait d'actionner son marteau-piqueur et ses bras tremblaient. Un autre encore se remettait les boules en place sous son pantalon bleu devant une brouette remplie de sacs de ciment. Lucien est revenu. Il a dit :

– Je monte en premier et je te renvoie l'ascenseur.

Arrivé en haut, j'ai sifflé à nouveau. Lucien s'est assis aux commandes et je suis resté debout derrière. On voyait tout le chantier de là-haut et une bonne partie de Lisbonne et le Tage aussi et la mer de paille, et l'océan au loin. Lucien a allumé une cigarette ; il a tripoté les boutons de commande et a démarré la grue. Ensuite il s'est penché et il a chopé un livret qu'il m'a tendu.

– C'est le C.V. de la grue. Tu peux voir tous les chantiers qu'elle a faits.

J'ai commencé à feuilleter le carnet mais il m'a montré une page en particulier :

– Ça, c'est le chantier du pont Vasco. Devine qui était sur le coup ?

– Ben, je sais pas, Lucien.

– T'en connais beaucoup des grutiers ?

– Euh, c'était toi ?

– Bravo Einstein. Tu vois, c'est ma copine cette grue. On se connaît bien.

Il a tourné le bouton d'une sorte de talkie-walkie. Une voix en est sortie :

– Pontifex, on est prêt, kesse tu fous ?

Lucien s'est penché contre la vitre pour regarder au pied de la grue. Deux types lui faisaient des signes. Il a actionné une manette et le chariot s'est déplacé le long de la flèche.

– Dis-moi un truc, Lucien. Pourquoi tout le monde t'appelle Pontifex ?

– Parce que je suis un faiseur de ponts et ils le savent.

– Un faiseur de ponts ?

– Et aussi parce que je relie les deux rives.

– Quelles rives ?

– La rive d'en haut et la rive d'en bas.

La voix du talkie-walkie a gueulé « Stop ! » ; Lucien a relevé la manette. Il s'est retourné pour me regarder.

– Sans moi, c'est le chaos.

– M'ouais.

Il a appuyé sur le bouton du talkie-walkie, s'est penché dessus et a gueulé :

– Élinguez-moi ça correctement, bande de cons !

La voix a répondu :

– Ouais, ouais.

– Des vrais bras cassés, ces deux guignols, il a dit. Un jour, en Allemagne, deux guignols dans le même genre avaient mal élingué une charge qui s'est cassé la gueule à quarante mètres sur un tracto-pelle... Tu vois le travail... Ça a permis de tester la solidité de l'armature de la cabine du tracto, tu me diras.

– Et alors ?

– J'avais une charge compacte de dix-sept tonnes. À mon avis, seul un char d'assaut Merkava aurait résisté. Et encore.

La voix a dit « O.K. » et Lucien s'est tourné face au tableau de bord. Une énorme pile de plaques en métal était à présent suspendue à la grue, Lucien manipulait les manettes, les plaques montaient, la grue tournait tout doucement.

– Tu vois, si je lâche ma charge maintenant, je les aplatis comme des crêpes, les deux idiots en bas.

Il s'est marré.

– Quand même, fais pas le con, j'ai dit.

La grue faisait un vacarme épouvantable. Lucien était obligé de crier :

– J'ai un treuil de levage à deux vitesses avec commande à variateur de fréquence. Sans ça, je serais dans la merde avec le vent qu'il y a ici.

Et en effet, ça soufflait. La grue se balançait légèrement, la charge faisait un mouvement de balancier, Lucien disait que s'il la mettait en bout de flèche, on faisait le plongeon en avant.

– Évite. Il y a des tas de gens qui auraient du mal à comprendre pourquoi je suis mort en tombant d'une grue.

– Tant que t'es avec moi, t'as rien à craindre. Même défoncé, je la pilote au millimètre près, cette grue.

– Et quand y a trop de vent, comment tu fais ?

Il m'a montré un appareil sur la gauche avec le menton.

– C'est quoi ?

– Un anémomètre. Il se met à gueuler quand ça craint trop.

– C'est rassurant, j'ai dit.

– C'est de la merde, tu veux dire. Si tu pètes dessus, y va se mettre à couiner et le règlement m'obligera à arrêter de travailler. La vérité, c'est qu'avec des rafales à cent cinquante kilomètres, je pourrais très bien continuer à bosser.

– T'exagères un peu, non ?

– Un vent constant à quatre-vingt-dix/cent et des rafales à cent cinquante, je te lève une pelleteuse en bout de flèche et je la fais danser.

– C'est pas la peine de m'inviter ce jour-là.

– T'oublies que les vents sont mes amis...

– T'as les amis que tu veux... Pontifex.

À midi, alors que Lucien avait déjà transporté quelque chose comme neuf cents tonnes, nous sommes descendus de la grue pour la pause-déjeuner. Nous sommes allés acheter des sandwichs et des grandes bouteilles de bière et sommes retournés au chantier, rejoignant un petit groupe d'ouvriers qui mangeaient autour de la grue. Quelques-uns étaient assis sur une poutre chargée à la grue qui pendait à un mètre du sol, les autres étaient assis à même la grue ou répartis sur trois engins placés à côté. On s'est installé sur le capot tiède d'une pelleteuse. Les deux types qui avaient arrimé les plaques de tôle étaient assis sur le toit d'un tractopelle.

– Elles penchaient, les plaques, a dit Lucien en attaquant son casse-dalle.

– Non, elles penchaient pas, a dit l'un des deux.

– Et moi, je te dis qu'elles penchaient, a dit Lucien, la bouche pleine.

J'ai décapsulé une bouteille de bière avec mon briquet et j'en ai bu la moitié au goulot. João m'a demandé si j'étais grutier moi aussi, mais avant que je réponde, Lucien a dit :

– Il est en formation. Ce sera un grutier impitoyable.

– Un nouveau Pontifex ?

– Il sera plutôt fait pour les grues d'armement.

– Dans les chantiers navals alors ?

– Tout juste !

J'avais commencé par me marrer mais à présent tout le monde me regardait avec une sorte de déférence, alors je ne me marrais plus du tout et je hochais la tête à intervalles réguliers pour montrer que j'étais tout à fait d'accord d'être pris pour un mec sérieux pour la première fois de ma vie.

– Il a l'instinct du grutier, disait Lucien. Il a tout de suite vu que les plaques penchaient.

Les deux idiots sur leur tractopelle m'ont lancé un regard assassin.

– Et toi, Pontifex, t'as déjà fait des chantiers navals ? a demandé Césario, assis sur la grue.

– Saint-Nazaire. Le Havre. Hambourg. Cadix. Lisbonne. La plupart du temps sur des grues-pylônes à inclinaison variable. Mais j'aime pas trop ça.

Il a bu une goulée de bière et a repris :

– J'ai même bossé sur une grue flottante un jour…

Tout le monde s'est marré, alors je me suis marré moi aussi, quoique avec un petit temps de retard.

– Sur le ponton d'un bateau ! Une grue de nain, ma parole ! Je l'utilisais au gramme près… Tu rajoutais une boîte d'allumettes sur la charge et je faisais le plongeon dans l'océan !

Et de nouveau, c'était la bourrée. Même les deux idiots se bidonnaient… Lucien en rajoutait une louche :

– Elle était à peine plus grande qu'une grue de dépannage !

– Ha ! ha ! ha !

– Le pire, c'est que c'était le bateau d'une compagnie pétrolière américaine…

– T'aurais dû lâcher ta charge sur le pont ! a dit un type assis sur une pelle à pneus.

– Ouais, t'aurais dû le couler ! a répété un autre.

– L'envoyer par le fond ! a dit João.

Ils étaient déchaînés, les ouvriers. Ils crachaient par terre quand ils prononçaient le mot Américain. J'ai fait la connerie fréquente de penser à haute voix :

– Vous n'aimez pas les Américains parce que vous êtes communistes, vous les ouvriers…

Ils se sont tous tus au même moment et m'ont regardé avec des yeux ronds. Un premier a commencé à rire, suivi d'un deuxième, d'un troisième, et puis tout le monde a éclaté… Ils se tapaient les cuisses, certains donnaient des coups de poing sur les capots des engins. Y en a un qui a failli s'étouffer avec son sandwich tandis qu'un autre crachait sa bière en gerbe… Tout le monde pleurait de rire et suppliait.

– Pitié, j'en peux plus ! ils disaient.

Celui qui était à côté de nous sur le capot m'a tapé dans le dos… Même Pontifex se marrait comme c'est pas possible…

– Vous, les Français, vous êtes uniques !

– Communistes !

Et on se tenait les côtes… Les autres ouvriers du chantier accouraient pour connaître la blague. On la leur répétait. Apparemment, c'était la meilleure de l'année. Ils se pliaient en deux sitôt qu'ils l'avaient sue, courbés sur les pneus, accrochés à la grue. Certains tombaient dans la boue. Ils se roulaient par terre… y en a un qui a dit :

– Y a qu'un communiste ici, c'est le patron !

Ils avaient mal au bide à force de rire… Ils allaient répéter la blague à ceux qui étaient plus loin. On entendait des rires de tous les coins. Le chantier n'était plus qu'une immense rigolade, un rire énorme, et quand ils se sont un peu calmés, tous sont venus me voir pour me serrer dans leurs bras et me dire que ça faisait longtemps qu'ils n'avaient pas ri comme ça et qu'ils voulaient bien que je vienne tous les jours au chantier.

⋆ ⋆
⋆

Et puis nous sommes remontés sur la grue après le déjeuner. Avec la chaleur et la bière, j'étais un peu bourré. Lucien m'avait dit que je ne devais pas me sentir obligé de rester si ça m'emmerdait mais moi j'étais très content d'être là, ça ne m'emmerdait pas du tout, au contraire, et de toute façon, c'était ça ou la télévision. Je lui ai demandé ce que c'était que ces histoires de stage qu'il avait racontées. Il m'a dit qu'il était possible qu'on monte une deuxième grue sur le chantier pour accélérer les travaux.

– Mais attention, c'est pas sûr, il a précisé.

– Et t'as pensé à moi ?

– Tu cherches bien du boulot ?

– Oui, mais moi…

– Écoute mec, je ne t'en ai pas parlé avant parce que je voulais d'abord te voir *physiquement* dans une grue pour *sentir* si t'étais capable de faire ce métier ou non.

– Et alors ?

– Tu les as vues penchées ou non, les plaques, ce matin ?

– Honnêtement Lucien… j'ai rien vu.

– Eh ben, elles étaient parfaitement droites. T'es un fin grutier, mec.

J'ai alors pensé aux centaines de conseillers d'éducation minables et pleutres qui m'avaient gavé de tests à la con sans jamais imaginer une seule seconde que je pourrais être un excellent grutier dans la vie.

– Oui, mais s'ils montent une deuxième grue, c'est pas sûr qu'ils vont me choisir moi…

– S'ils montent une deuxième grue, le chef de chantier va me demander si je connais un bon grutier…

– Oui, mais faut pas des diplômes ou des trucs comme ça ?

– J'ai les tampons de la meilleure école de grutier de Suisse.

– Ah bon ?

– T'auras ton permis d'élève grutier, ton attestation d'expérience pratique de 600 heures sur un chantier et ton permis de grutier.

– Tout ça ?

– Tu pourrais bosser juste avec le permis d'élève mais tu te ferais gruger parce que ton boulot serait compté comme formation. Tandis que si on blinde, t'auras un ou deux jours de formation sur ta grue et *basta*. Et le salaire plein tout de suite, tu piges ?

– Et pour les 600 heures, on va dire quoi ?

– Je peux les mettre sur le pont d'Aquitaine si ça te va. J'ai les tampons aussi. Ou sur le T.G.V. Méditerranée. C'est comme tu veux.

J'ai eu comme un léger doute d'un seul coup.

– Et toi, Lucien, tu l'as… ton permis de grutier ?

– Puisque je te dis que j'ai les tampons.

La voix dans le talkie-walkie a gueulé « O.K. », Lucien a actionné une manette et la grue a eu comme un petit choc vers l'avant. La charge est remontée doucement vers la flèche, le moteur tournait à plein régime. Lucien a dit, en gueulant :

– Dis-toi que techniquement, c'est rien du tout. Il faut juste trouver l'équilibre et comme tous les équilibres, celui-ci dépend de l'équilibre cosmique.

– Oui, mais moi j'y connais rien à l'équilibre cosmique…

– Tiens, regarde !

Il a bloqué le chariot d'élévation et s'est levé.

– Prends ma place.

– Lucien...

– Prends ma place, je te dis.

Je me suis assis sur le fauteuil. Lucien s'est placé derrière moi.

– T'es sûr ? j'ai dit.

– Pose les mains sur les deux manettes, là, et ferme les yeux.

J'ai fait ce qu'il disait.

– Dis-toi qu'en cas de fausse manœuvre, tu seras responsable de l'écrabouillage des deux idiots en bas.

J'ai lâché les manettes comme si elles étaient brûlantes et je me suis levé dans un sursaut.

– Écoute Lucien, tu sais, les emplois de bureau, c'est bien aussi et...

– Fais pas le con ! Je te guide !

Je flippais complètement mais je me suis rassis quand même. J'ai fermé les yeux.

– Tu dois *sentir* la grue, disait Lucien.

J'avais les mains moites. Des perles de sueur sur les tempes.

– Main gauche vers le haut tout doucement et main droite un peu à droite... Bravo, tu es en train de lever vingt-cinq tonnes... Un peu plus à droite... Chariot maintenant ! Deuxième bouton gauche actionné... Mets les gaz ! À droite ! Plus loin vers la pointe ! Tu dois sentir le moment où la grue va basculer et arrêter juste avant... Fonce !... Tourne !... À droite encore...

J'avais peur de me chier dessus comme Pépé tellement j'imaginais le moment où on allait partir la tête la première... Mais Lucien s'exaltait complètement, il me gueulait des ordres, il dérapait dans le commandement.

– Quart de tour droite ! Pousse le chariot ! Mets les gaz ! Vingt-cinq tonnes, c'est un biberon ! Fais pas le pédé !... Descends maintenant... Doucement ! Doucement !

J'ai ouvert les yeux. Ma charge se balançait presque à 90 degrés ! J'ai tout lâché ! La grue bougeait beaucoup trop à mon goût ! Ouin ! Dans le talkie, un des idiots a demandé à Pontifex ce qu'il avait bouffé à midi...

Lucien a repris calmement les commandes de la grue. Il s'est penché vers le talkie, il a gueulé :

– Le cul de ta mère, gros con !

Il a donné un petit coup à gauche, un autre à droite ; la charge s'est stabilisée rapidement, la grue bougeait un peu moins. Il s'est tourné vers moi.

– T'es un as, mec. Et je dis pas ça souvent.

J'ai alors réalisé que je venais de piloter la grue... Je n'étais pas peu fier tout à coup... J'aurais voulu par exemple qu'Ana m'ait vu assis ainsi, les manettes dans les mains, une sorte d'aisance naturelle de pilote chevronné... Je souriais tout seul... Je refaisais les mouvements dans l'espace, debout derrière Lucien, main gauche vers le haut, main droite vers la droite et 25 tonnes qui décollent... Nom de Dieu ! Je me sentais bien en cet instant précis... Dans les administrations, ça aurait une autre gueule : profession ? Pilote de grue ! Et l'employée fatale et délurée qui se pâme en se mordant la lèvre inférieure… Si c'est ça, piloter une grue ! Pour moi c'est comme piloter une 103 sport, je le dis comme je le pense ! Il va falloir que les chômeurs s'habituent à mon mépris ! Romain Valurin, pilote de grue ! C'est ma mère qui en ferait une gueule ! Et les conseillers d'éducation ! Et les Assedic Paris XXe !

* *
*

À cinq heures, les engins se sont progressivement tus, Lucien a arrêté sa grue lui aussi et nous sommes descendus par le monte-grutier. J'avais les oreilles en compote. Je répétais parfois dans l'espace les gestes héroïques pour être certain de ne pas les oublier. Les ouvriers descendaient de leur machine, enlevaient leur casque et s'essuyaient le front d'un revers de manche. J'étais très populaire à présent. Tout le monde venait me voir pour me taper sur l'épaule. Certains voulaient boire un coup avec moi pour ne pas se séparer comme ça.

– Reviens quand tu veux !

– Refais-nous des blagues comme à midi.

– Les amis de Pontifex sont nos amis.

Je me sentais tout à fait grutier déjà. Je donnais des petits coups de pied sur les patins de calage en fronçant les sourcils. J'inspectais un peu le bazar. Je me remettais les boules à pleine poignée. Et puis en m'éloignant, j'ai mis quelques tapes sur une barre de la grue, comme à une jument. Je crachais aussi, comme on fait après une longue journée de travail et puis j'enlevais mon casque moi aussi et je m'épongeais le front moi aussi.

On est allé jusqu'aux baraques ; certains ouvriers se changeaient complètement, d'autres enlevaient juste leurs bottes, mettaient leurs pompes de ville et partaient comme ça, en bleu sale. On a posé les casques et les bottes, on est sorti. Devant les grilles du chantier, Lucien a dit :

– Allez, on va boire un coup.

On a débarqué à cinq dans un petit bistrot en bas du chantier, le long du Tage. Il y avait Lucien et moi, Césario et João et un autre Portugais qui s'appelait Pedro. Il faisait encore chaud, nous avons commandé des bières fraîches en bouteille et sommes allés les boire dehors, sur le trottoir, accoudés aux voitures ou assis sur des chaises. Nous avons avalé la première bière en une gorgée, la meilleure, et sommes allés en commander d'autres à l'intérieur. La fille derrière le bar connaissait bien Lucien. Elle s'appelait Maria. Elle rigolait avec lui. Lucien disait qu'il la voyait de la grue, qu'il l'observait toute la journée. Elle le traitait de menteur en rigolant. Elle rougissait un peu et baissait les yeux. Elle demandait aussi s'il n'avait pas trop chaud à travailler dur comme ça, par ces chaleurs. Lucien disait que ça allait, qu'il était habitué. Elle voulait lui offrir la bière. Mais Lucien disait : pas question, ou alors ailleurs, un jour qu'elle ne travaillera pas, elle disait pourquoi pas, elle rigolait, mignonne…

Nous lampions nos bières comme des chats à présent. Pedro et Césario avaient gardé leur bleu crotté, ce dont j'étais très fier. Les gens qui passaient sur le trottoir nous regardaient, je prenais une mine éreintée et douloureuse, je crachais par terre, je m'étirais, mes camarades parlaient de leurs différents chantiers, ils racontaient des blagues sur l'incompétence des ingénieurs, j'approuvais complètement, je hochais la tête gravement. J'étais un ouvrier dans l'âme. Lucien parlait d'un pont construit en Alsace, sur le Rhin.

– J'y étais pas. On me l'a raconté. Un trou de balle d'ingénieur fait ses calculs, il prend en compte les digues qui maintiennent le fleuve à huit mètres au-dessus de la plaine, les secousses sismiques, il planche, tout est bon, on fait les travaux, on décide des matériaux… Le pont est construit, une heure avant l'inauguration, une péniche de vingt mille tonnes redescendant le fleuve rate le coude et se mange une pile à vingt kilomètres à l'heure et tout le pont s'écroule… Les officiels sont arrivés avec les ciseaux et le champagne… Ils ont dit « Où ki l'est le pont ? »

Tout le monde se tapait les cuisses à en chialer. On en faisait des bonds sur les chaises. Et puis Pedro en avait une bien bonne lui aussi :

– C'est comme l'année dernière au chantier naval de Lisbonne. Ça faisait dix-huit mois qu'on construisait un nouveau monstre, le fleuron de la marine marchande portugaise, le *Bartolemeu Dias*… le jour J, tous les ministres sont là, on prépare les cales pour le lancement, on accroche un magnum de *Veuve Clicquot* à une corde, le ministre des Transports relit son discours, et voilà qu'on fait glisser le bateau sur les cales… il glisse, tout le monde applaudit, il arrive dans l'eau au niveau de la ligne de flottaison, dans le public on entend ooooh ! aaaaah ! mais le bateau continue à s'enfoncer ! ça fait bloup bloup, la tête la première, il coule à pic ! et hop, en moins d'une minute, il a disparu complètement ! du chantier naval au fond de l'eau, directement ! Il reste quelques grosses bulles à la surface et les officiels habillés comme des pingouins, un discours à la main… et le silence… la bouteille qui pendouille à sa corde… Il paraît que le discours rappelait l'expérience pluriséculaire du Portugal en matière de construction de bateaux…

Personne n'en pouvait plus. On disait « Assez ! Assez ! » On avait mal à la mâchoire… Césario était adossé à une voiture. Il imitait le bateau qui s'enfonce avec sa main en pleurant. Pedro lui-même se tenait les côtes en répétant « expérience pluriséculaire du Portugal »… João disait qu'il devait y avoir un sacré cimetière sous-marin devant le chantier naval… Si c'était pas la joie…

* *
*

L'horizon commençait à rougir faiblement, nous avons recommandé quelques bières à la petite Maria, que l'on buvait plus tendrement à présent, que l'on tétait comme des biberons. Lucien devenait nostalgique, une petite brise s'était levée ; loin dans l'océan, un orage redoutable déchirait probablement le ciel et la mer et détruisait les bateaux égarés. Lucien racontait que de sa grue, flottant dans les airs, il menaçait le monde :

– Je lui prédis le pire avenir, mes amis.

Nous étions tous autour de lui, ses yeux brillaient.

– Ce monde est à détruire, croyez-moi. On y voue un culte sans limites à la bassesse d'âme et à l'uniforme du maillot de bain. Plus c'est veule, plus c'est dégoûtant, plus c'est commun et plus l'homme, telle la truie dans son fumier, se délecte de ses propres puanteurs. Il nous faut un nouveau Gengis Khan, un peu plus féroce que le précédent si possible.

Césario avait la bouche ouverte.

– Ouais, mais tu lui reproches quoi au monde, au juste ? a demandé Pedro.

– Il y a deux pôles, le spirituel et le matériel, l'homme au milieu. S'il va vers l'un, il s'éloigne de l'autre. Ainsi des civilisations. Certaines sont irrésistiblement attirées vers le premier comme la marée par les étoiles. La nôtre est collée au second comme une moule à son rocher. T'as pigé ?

– Bof...

– L'ennui ronge tout. La liberté s'est prostituée. C'est le règne du faux et les dieux sont silencieux.

Pedro a bu une goulée de bière en fronçant les sourcils.

– Notez qu'on a connu pire question méchanceté. Avant que Niourgoun ne descende sur Terre pour y mettre de l'ordre, c'était coton.

– C'est qui, Niourgoun ? a demandé Césario.

Lucien a fermé les yeux en écartant les bras :

– Niourgoun Bôtour le Yacoute était le fils de Jurgun Âr tojon et de Ârly xotun. Il habitait dans le monde du Haut-le-ciel quand il a été envoyé sur la Terre pour libérer ses habitants des gens au regard de feu, les trompeurs de la Terre à l'œil unique, les goulus dégénérés porteurs de mort, les immondes et puants démons qui volaient les vaches des hommes et violaient leurs femmes : je parle des Abasy du Monde d'En Bas-le-fond des-fonds.

J'ai allumé une cigarette. Lucien était dans ses mythes complètement. Il bombait le torse. Je repensais à ce que m'avait dit Cécile, rapport aux cornes.

– Il est descendu avec sa sœur Ajtaly Kuo pour coloniser une petite colline-mamelon au milieu d'une vallée et de là il a remis de l'ordre sur la Terre en mettant fin aux exactions des vingt-sept tribus des Abassy puants à l'œil unique. Concrètement, il leur a mis une raclée, un par un, en commençant par le fils du dégénéré en chef, le batyr Timir Yjysta Xara. La terre est alors devenue paisible, les arbres ont poussé, le bétail s'est multiplié, les hommes sont devenus heureux et reconnaissants aux habitants du Haut-le-ciel de leur protection contre ceux d'En Bas-le-fond des-fonds. Vous avez pigé ?

On a tous hoché la tête.

– C'était une autre époque, a dit João, en se grattant les boules.

– Sûr, a ajouté Pedro.

Le petit Césario, lui, avait les larmes aux yeux. Il a regardé Lucien et il a dit :

– C'est si beau les mythes, Lucien.

* *
*

Césario et moi avons pris le tram pour rentrer à la pension, un long tram moderne recouvert de publicité pour L'Oréal. Nous étions assis l'un en face de l'autre et nous regardions défiler le paysage. Je pensais à la grue, à Niourgoun, à la ramure, à mes nouveaux camarades ; j'étais fatigué comme un travailleur. Nous sommes sortis au *Cais de Sodré* et nous sommes remontés vers la pension en achetant un sandwich en chemin vu qu'on avait raté l'heure du dîner. Devant la salle télé, j'ai dit bonsoir à Césario. Il a dit :

– Reviens vite au chantier, t'es notre copain maintenant.

Je suis monté dans la chambre. Ana était couchée dans le lit. Elle lisait une revue. Elle a dit :

– Ça sert à quoi qu'on paye pension complète si tu rates tous les repas ?

– Laisse tomber la pension, Ana. Regarde-moi plutôt et dis-moi ce que t'en penses.

Je me suis placé au pied du lit. J'ai mis ma main gauche vers le haut, ma main droite vers la droite et j'ai conduit la grue en souriant.

– Alors ? j'ai dit.

– Vois pas.

– Réfléchis !

– T'as joué à la *gameboy* toute la journée ?

– Putain, Ana !

Je continuais à piloter la grue et j'imitais aussi le chariot qui se déplace, je tractais péniblement une lourde charge avec ma main, je tendais mon bras et je le faisais tourner tout doucement... Cette demi-cloche fronçait les sourcils... Elle ne comprenait rien à rien !

– T'es bourré ?

– La grue, Ana !

– Quoi, la grue ?

– La grue de Lucien, légume ! Je l'ai pilotée !

Elle a écarquillé les yeux et posé sa revue à côté d'elle.

– Et il y a mieux ! j'ai dit.

Elle était tout excitée maitenant. Elle a placé l'oreiller dans son dos et s'est redressée.

– Vas-y !

– Beaucoup mieux !

– Vas-y ! Dis !

– Je vais certainement la piloter tous les jours, c'te grue.

Alors là, elle a carrément bondi du lit et m'a sauté dessus. Elle n'en revenait pas. Elle me regardait comme si elle me voyait pour la première fois. Elle disait :

– Menteur, dis-moi la vérité !

Elle me tournait autour. Elle mettait sa main devant sa bouche pour cacher son rire. Je lui ai dit :

– Demande-moi quel est mon métier.

Mais tout ce qu'elle voulait maintenant, c'était m'embrasser ! Elle répondait à côté de la plaque, elle disait :

– Alors, c'est vrai ?

Elle disait :

– Alors, c'est vrai de vrai ?

– Demande-moi mon métier, je te dis.

Elle a dit d'une petite voix :

– C'est quoi ton… métier ?

J'ai inspiré un grand coup. J'ai levé un peu la tête. J'ai dit d'une voix assez virile :

– Grutier.

Elle est à moitié tombée dans les pommes.

Il restait encore au moins quatre litres de vin dans le gros bidon. Ana a couru chercher Dulce pour qu'elle vienne trinquer. Son idiot de mec n'était toujours pas revenu de Coimbra. D'ailleurs, Dulce se demandait s'il rentrerait un jour. Nous nous sommes installés sur la terrasse autour de la table en plastique. Je me suis adossé au dossier de la chaise, les jambes tendues, je disais :

– Vous savez, la grue, c'est pas très compliqué au fond.

Elles me bouffaient des yeux toutes les deux. Elles venaient se frotter à moi. On se torchait des grandes rasades de vin. Je disais :

– C'est sûr, c'est physique…

Elles rigolaient.

Je disais :

– C'est sûr, il y a des responsabilités…

Elles rigolaient encore. Dulce s'est tournée vers Ana :

– T'auras intérêt à le surveiller maintenant. Avec toutes les salopes qui rêvent de se taper un grutier...

Ana a répondu :

– S'il me trompe, je lui coupe les couilles.

– Coupes-en une et laisse moi la deuxième... a dit Dulce.

Et puis Ana s'est accrochée à mon cou et elle m'a embrassé l'oreille et elle a dit :

– Mon colon-colon mignon...

TROISIÈME PARTIE

Chamanes

8

Romain cherche Ana — il la trouve devant la cuisine — et lui montre son diplôme de grutier — ils vont visiter une maison — le propriétaire est un flic — la décoration est horrible — le petit jardin — Tortuga — les barbecues — on est d'accord — les adieux à la pension — tout le monde est triste — le déménagement — un dernier café — José en short — il fait cuire des saucisses — c'est violent — sa petite famille — les enfants — Ana fait la gueule — l'espoir des petits dîners — Ana veut équiper la cuisine — elle va ranger ses affaires — une araignée — le quartier haut de Ajuda *— les épidémies chiennes — les rôdeurs — au chantier — Romain et Lucien discutent de grue à grue — certaines idées défient le temps — la pomme pourrie — Pinha — le vent se lève — il faut interrompre le travail — Lucien vient boire un verre — Dulce emménage à la maison — une histoire débile.*

Je suis rentré dans la chambre en courant mais elle n'y était pas. J'ai galopé jusqu'à la salle télé mais elle n'y était pas non plus. Je m'apprêtais à aller demander à Dulce si elle savait où elle était quand je l'ai vue sortir de la cuisine.

– Ah, je te cherchais, j'ai dit.

– Ouais ? elle a dit d'un air vulgaire.

Elle était débraillée, presque un sein dehors. Tout en lui montrant mon document, j'essayais un peu de recouvrir son sein avec la chemise mais ça retombait. Elle ne regardait pas du tout le document. Elle a dit :

– Kesse tu fous là, tu devais pas passer la journée au chantier ?

– Regarde plutôt ce document, j'ai dit.

Elle a finalement regardé mon diplôme de grutier sans rien dire.

– Je commence lundi prochain, j'ai dit.

À ce moment, le type cravaté du deuxième est sorti de la cuisine, lui aussi. Il a pris un air dégagé en passant devant nous. Ana lisait à présent le document comme si c'était un inédit de Nietzsche. Elle a dit :

– Lundi prochain ? C'est super, ça.

– Lucien nous a trouvé une maison. J'ai rendez-vous avec le propriétaire demain à dix heures du matin. Tu veux venir ?

Elle s'est mise à réfléchir en levant les yeux comme si elle avait l'agenda de la reine d'Angleterre.

– Demain ?

– Tes revues pourront se passer de toi quelques heures, j'ai dit. Et puis, il est grand temps de quitter cette pension, ai-je ajouté en regardant la porte de la cuisine.

– Je n'accepterai aucune allusion déplacée, elle a dit.

– Bon alors ?

– Je me libérerai.

⋆ ⋆
⋆

Nous sommes arrivés à dix heures trente, le propriétaire nous attendait sur le palier. Lucien m'avait prévenu que c'était un flic mais cela m'a quand même fait un choc de voir un type en uniforme me tendre la main. Je n'étais pas très à l'aise, peur qu'il nous donne des coups de matraque si on refusait la bicoque. On s'est excusé pour le retard. Il a dit en clignant de l'œil :

– Mais c'est rien du tout. Au contraire. C'est toujours une matinée de prise sur le service...

Il était petit, obèse, une petite moustache sur les lèvres, des yeux ronds et il suait sous son képi. Nous avons franchi la porte d'entrée qui donnait directement dans le salon. C'était complètement meublé et je me suis retourné pour regarder l'expression du visage d'Ana lorsqu'elle découvrirait le mauvais goût général de la pièce. Mais elle est restée stoïque. D'ailleurs, elle avait décidé de faire la gueule toute la journée, cette morue. Il y avait un tableau au mur qui représentait une femme enroulée à un arbre dont le corps se confondait avec les racines. Le propriétaire (il s'appelait José) nous a expliqué la larme à l'œil que c'était sa femme qui l'avait peint. C'était le genre d'horreur qui donne envie de se rouler par terre de terreur. À gauche, un sofa ; en face, une sorte de bibliothèque en contreplaqué où trônaient une télévision, un vase, un saladier vide en verre et diverses babioles derrière les vitrines. En sortant du salon, il y avait la cuisine à gauche et un petit couloir à droite qui menait aux trois autres pièces, deux chambres et un réduit sans fenêtres.

– Voilà les deux chambres, disait José. Une pour les parents avec un grand lit et une pour le bébé avec un lit simple.

Il m'a donné une tape amicale sur l'épaule en me faisant un autre clin d'œil tandis qu'Ana soupirait.

De la cuisine, une porte donnait sur la véranda où étaient rangés des quantités d'outils, une tondeuse à gazon, des échelles… De là, on accédait au petit jardin. Il y avait un barbecue en pierre rempli de cendres grises sur un muret, une niche, un carré de gazon, quelques arbres et une balançoire accrochée à une grosse branche. Une allée étroite permettait de faire le tour de la maison. Je regardais un peu tout ça quand un molosse m'est tombé dessus. J'ai gueulé et José qui montrait les placards de la cuisine à Ana qui s'en foutait complètement, est arrivé en courant.

– N'ayez pas peur, c'est Tortuga, il est gentil…

Et en effet, le monstre frétillait de la queue… Avec sa langue, dont il s'était probablement servi pour se sucer les crottes du cul, il prétendait dorénavant me lécher les mains. Je les levais bien haut mais cet imbécile me sautait dessus, de toutes ses griffes.

– Allons, à la niche ! je disais. À la niche !

– C'est à cause des rôdeurs, a dit José, ça les dissuade.

Un doute m'a traversé l'esprit.

– Mais... si on loue la maison... le chien...

– On loue tel quel. Meublé avec le chien. Mais ne vous inquiétez pas, c'est nous qu'on paye la nourriture.

– Ah bon ?

José m'a expliqué qu'il était très attaché à cette maison et qu'il venait souvent le samedi avec sa femme et ses enfants pour passer la journée.

– C'est un peu comme une maison de campagne vu qu'on habite dans une tour en banlieue, vous comprenez ?

– Mais... si on loue la maison... Comment vous ferez ? j'ai dit.

– Ne vous inquiétez pas, on est discret. On se met dans le jardin, on fait griller les saucisses, on rigole et puis on repart.

– Ah, d'accord...

Pendant que José changeait l'eau de la gamelle de Tortuga, nous avons refait un petit tour dans les trois pièces, Ana et moi.

– Alors ? j'ai dit.

– C'est humide, elle a dit.

– On aérera.

– C'est comme tu veux.

– C'est tout près du chantier.

– Et la déco ?

– C'est pas beaucoup plus moche que chez ta mère, Ana.

– C'est comme tu veux.

On est retourné voir José dans le jardin.

– C'est d'accord, j'ai dit.

– Bravo ! a dit José.

Et puis il a ajouté :

– Évidemment, c'est au noir.

– Évidemment.

Une semaine après, nous déménagions, un samedi, parce que la semaine j'étais au chantier dorénavant, sur la grue de Lucien en attendant que la mienne soit montée. On a plié bagage et on est allé dire au revoir à tout le monde. Je suis entré dans la chambre de Pépé :

– Alors, c'est vrai, tu t'en vas ! il a dit.

– Eh oui, Pépé.

– Dans une maison ?

– Ouais.

– Eh ben !

– Je t'oublierai pas pour autant, Pépé.

– Allez, allez…

– Je t'inviterai à la maison Pépé, c'est promis.

– Bah !

Je lui ai caressé la tête rapidement et je suis sorti. Il a tourné le visage vers la fenêtre pour essayer de cacher qu'il pleurait. Tous les locataires étaient sortis de leur chambre, la pension était dans tous ses états. Ana était à moitié hystérique, elle courait partout, des larmes dans les yeux, elle disait :

– Je me sentais bien ici. Pourquoi qu'on part ?

Je lui ai fait remarquer qu'elle m'avait fait chier une vingtaine de fois depuis notre arrivée à Lisbonne pour qu'on trouve une maison à nous, mais évidemment elle ne s'en souvenait plus du tout. Et puis il y avait Dulce qui errait dans nos pattes. Tout à coup, elles se tombaient toutes les deux dans les bras et elles éclataient en sanglots. Je disais qu'on déménageait à trois kilomètres à peu près, qu'il y avait une ligne directe de tram de la pension à chez nous. Je disais aussi qu'il fallait finir de fermer les sacs. Mais rien à faire, elles avaient décidé que ce serait un déménagement dramatique. Ana rangeait à peine une culotte dans sa valise qu'elle se redressait, bramait et tombait dans les bras de Dulce. Moi, j'allais au balcon, je fumais des cigarettes, je faisais mes adieux au Tage, je lui disais au revoir en cachette avec la main et je lui faisais des clins d'œil.

Et puis Lucien est arrivé pour nous aider à porter les valises. Ana n'était pas tout à fait prête, alors on est allé prendre un café à la cuisine en l'attendant. Dona Rosario était aux fourneaux, devant sa batterie impressionnante de casseroles, à orchestrer ses feux, à touiller par-ci, remuer par-là, baisser tel feu et augmenter tel autre. Elle hochait la tête d'un air las, tout en cuisinant.

– Ça fait toujours de la peine quand des pensionnaires s'en vont, elle disait.

– On viendra vous dire bonjour, dona Rosario, j'ai dit.

– Tout de même.

J'ai regardé dans le Thermos s'il restait du café et j'ai servi deux tasses que j'ai posées sur la table.

– Bon, va falloir y aller, a dit Lucien quand il a eu fini le café.

Dona Rosario a étouffé un sanglot.

– C'est la petite Dulce qui va être triste, elle a dit.

– Nous aussi, on va être triste, j'ai dit.

– Et Pépé donc !

– Tout le monde est triste, a tranché Lucien.

On est remonté dans la chambre. Tous les sacs étaient fermés. On les a descendus dans le hall et j'ai appelé Ana d'en bas. Dona Rosario est descendue, elle m'a pris dans ses bras et m'a serré contre ses gros seins. Et puis Ana est arrivée. Et alors là ! le déchaînement des passions morues ! les sentiments à la louche à en loucher ! Elles tourbillonnaient toutes les deux dans le hall comme un gros crabe ivre. Elles se mouchaient dans les cheveux, se bavaient dans le cou, se pleurnichaient dans les oreilles... Il y avait un peu de morve sur la moustache de Dona Rosario... Elle reniflait comme un sanglier. Elle disait :

– Mon petit... Fais bien attention à toi...

Ana disait :

– Qu'est-ce que je vais faire sans vous ?

Je regardais ma montre :

– Ana, merde !

Finalement, elles se sont séparées. Lucien et moi avons pris les grosses valises, Ana les deux petits sacs et nous sommes sortis ainsi. Dehors, c'était déjà la canicule. Tout le monde était à la fenêtre. Pépé et Mémé étaient dans la chambre de Césario, tous les trois faisaient des grands gestes, Mémé agitait son mouchoir et Pépé gueulait qu'on devait revenir le voir dès demain. Dulce était à la fenêtre de la cuisine, elle avait dû grimper sur l'évier, elle faisait au revoir de la main elle aussi et elle pleurait. Même le cravaté, de sa chambre du troisième, nous disait au revoir par la fenêtre. Dona Rosario était restée à la porte en bas, elle nous regardait partir. Ana lui faisait des signes et alors elle agitait les mains dans tous les sens.

Nous avons pris le tram jusqu'au cimetière de Ajuda et de là, nous avons marché jusqu'à la maison. José était sur le perron comme la dernière fois mais il était *en short* à présent, torse nu et son gros bide coulait de tous les côtés. Quand il nous a vus, il est venu à notre rencontre pour nous aider à porter les valises. On était tout dégoulinants de sueur. Le soleil était au zénith. Il a dit :

– Venez, venez, on fait cuire les saucisses, je vais vous présenter à ma petite famille.

Nous avons posé les valises dans le salon et sommes allés dans le jardin derrière la maison. José nous a présenté sa femme, Angelina, et ses deux enfants, Claudio, 16 ans et Beatriz, 15 ans. Ils étaient tous *en short*. Lucien, à l'aise, a cherché trois bières dans le frigo et nous en a tendu une, à Ana et moi. J'ai vidé la mienne en deux gorgées.

– Eh ben, il avait soif, le Français, pas vrai ? a dit José.

Sa femme et ses enfants ont rigolé bêtement comme si ce qu'il avait dit était drôle. Et puis José a retourné les saucisses sur le barbecue. Il était en short et en espadrilles et il tournait des saucisses avec une longue fourchette à deux dents d'un air hilare et je me suis dit l'espace d'une seconde que la vie recelait parfois certaines violences insoutenables. Angelina parlait avec Ana de la maison. Elle lui disait des tas de cochonneries, elle parlait notamment de *nid d'amour* et José, du barbecue, acquiesçait et les enfants riaient en se tordant les mains. Lucien m'a entraîné à la cuisine, il m'a tendu une autre bière et m'a dit :

– Tu vois, dans le monde de la Tradition, tout ça n'existe pas.

– C'est super, la Tradition, j'ai dit.

Mais José nous a appelés. Les saucisses étaient cuites et il les avait mises sur une assiette et maintenant il nous les tendait ainsi qu'un saladier rempli de chips. Tout en grignotant mes chips, je regardais la petite Beatriz. Elle avait des bagues aux dents. Sous son tee-shirt, deux petits seins en voie de formation pointaient de manière insolente. Elle souriait tout le temps d'un air idiot.

Le jeune Claudio s'est approché de moi. Il voulait fraterniser et m'a dit qu'il adorait un chanteur français qui s'appelait Manu Tchao. Je lui ai dit que je ne connaissais pas. Il a eu l'air étonné, il a dit :

– Mais si, c'est connu, tu dois connaître.

– Puisque je te dis que je connais pas, j'ai dit.

Il m'a alors cité tous les groupes de rock qu'il aimait. Je disais à chaque fois que je ne connaissais pas. J'avais envie de lui dire que je détestais les enfants, particulièrement les enfants mâles. Il disait :

– Papa, Papa, le Français, y connaît pas les Négresses Vertes.

Je l'ai pris à part.

– Écoute bien morveux. Je m'appelle Romain, alors ne l'oublie pas.

On a fini les saucisses et la grosse Angelina est allée faire du café. Ana se mettait parfois à sangloter dans son coin, la bouche encore pleine de chips. Elle disait qu'elle était triste d'avoir quitté la pension, que Dulce lui manquait déjà terriblement. Je lui disais qu'on retournerait souvent la voir, qu'on pourrait même l'inviter ici, qu'on ferait des petits dîners le soir…

– Des petits dîners entre amis ! Hein ? Et pourquoi pas des barbecues comme l'autre mongo… comme monsieur José ? Hein ? Des barbecues du bonheur ? Entre amis ! Alors ? Tu chiales encore ?

Mais le coup des petits dîners, ça avait libéré son imagination. C'est que je savais parler aux femmes, moi ! J'avais les arguments !

– On invitera toute la pension à dîner s'il le faut !

Elle avait séché toutes ses larmes.

– Des petits dîners… répétait-elle d'une voix mouillée.

– Alors ? !

– C'est sympa, les petits dîners.

– Ben tiens !

– Des petits dîners entre amis…

– Et alors !

– On rigolera ?

– Évidemment !

– Ce sera chouette…

– Et puis Dulce viendra en avance pour t'aider…

– Tu crois ?

– Bien sûr !

Elle rigolait maintenant. Elle avait des tas d'espoirs tout à coup. Elle se voyait déjà préparant des petits plats en ricanant avec Dulce dans le crépuscule. Elle entendait déjà le bruit des couverts et les rires dans la nuit, les assiettes débordant d'amitié…

– On pourra dresser la table dans le jardin ?

– On va se gêner ! On foutra le cabot dans la niche ! On clouera une planche devant l'entrée ! On mettra de la musique ! On dansera sous les étoiles comme des sales jeunes !

Et hop, elle s'est levée et elle est venue m'embrasser ! Et puis elle est allée à la cuisine pour inspecter les ustensiles dans les placards. Elle demandait à Angelina s'il n'y avait pas un saladier plus grand, une deuxième cuillère en bois…

– Et les planchettes pour couper les oignons, elles sont où ?

Elle sortait tout, elle regardait au fond des placards.

– Il manque une grande sauteuse avec un couvercle… et un fouet pour battre les blancs… et des couteaux qui coupent bien… et une râpe pour les carottes…

Angelina disait qu'elle avait qu'à acheter ce qui lui manquait et qu'elle la rembourserait, elle faisait la propriétaire sympa…

– Et un sucrier avec un couvercle… et une palette pour les tartes… et un doseur… une cocotte-minute…

Je rigolais dans mon coin. Ils ne connaissaient pas Ana. C'était un mois de loyer qui allait y passer… voire plus… peut-être le salaire entier du gros matraqueur ! Elle allait la sucer complètement la proprio sympa, la foutre sur la paille…

Nous avons pris le café, puis José et sa petite famille sont enfin rentrés enfin chez eux. Les cendres du barbecue fumaient encore et je suis resté un moment assis sur le petit muret avec Lucien, à l'ombre. On ne disait rien. Ana avait commencé à ranger les affaires dans la chambre. J'avais l'impression d'être une loque à cause de la chaleur. Le chien était assis sous l'arbre et me regardait avec tristesse, les yeux tout ronds.

– C'est moi ton maître maintenant, j'ai murmuré. Tu vas en chier.

Il a remué la queue. Soudain, on a entendu un cri terrible et aigu venant de la chambre. Lucien a bondi dans la maison pour aller voir ce qu'il se passait. Il est revenu deux minutes après. J'ai dit.

– Araignée ?

– Ouais.

– Plus grande que la tête d'une épingle ?

– Non.

– Alors tout va bien.

* *
*

Le quartier où on avait déménagé s'appelait le Quartier Haut de Ajuda, c'était un tout petit quartier, une dizaine de rues situées sur une colline au nord de la ville, juste au-dessus de Bélem. Il n'y avait que des petites maisons humides, avec des petits jardins et des hauts grillages. Les rues n'avaient pas de noms mais des numéros ; la nôtre, c'était la rue 4 et comme on était au numéro 8, notre adresse, c'était : 8 rue 4 et les gens ne comprenaient jamais rien et se plantaient et la moitié de notre courrier arrivait 4 rue 8 chez des Portugais à moustache qui ne nous le rendaient pas. En haut du quartier, à l'est, il y avait une grande route qui passait et puis c'était le début de la forêt de Monsanto, bourrée de putes jour et nuit, derrière chaque arbre, chaque fourré, chaque buisson. Elles fumaient clope sur clope et j'avais la hantise qu'elles ne foutent le feu au grand bordel tellement tout était sec là-haut. À l'arrêt de bus, sur la grande route, quelqu'un avait écrit au marqueur : « Si les putes étaient des fleurs, ce quartier serait un jardin. » Au sud, dans la vallée, c'était Santo Amaro, un quartier chaud qui remontait jusqu'à la limite de notre petit quartier. Au bout de la rue 4, l'avenue de Graça était jonchée de seringues et de boîtes de méthadone. Du coup, les petits propriétaires du Quartier Haut de Ajuda avaient tous acheté des mâtins, au moins deux chacun, et ces molosses donnaient l'alarme quand quelqu'un pénétrait dans le quartier. Le bâtard de chez nous s'y mettait aussi quand le grand concert commençait.

Mais lui, il n'était pas gâté parce qu'il se prenait sur la gueule à peu près tout ce qui pouvait être lancé de la fenêtre. La nuit, souvent, j'étais réveillé en sursaut, tout suant, je me croyais dans le film de Franju, *Les Yeux sans visage*, tout le quartier était en transe, ouah ! ouah ! ouah ! de tous les côtés, c'était dantesque, une traînée de poudre ; ça commençait par les deux molosses du 2 rue 4 suivis instantanément des trois du numéro 1, puis ça remontait toute la rue 3, perpendiculaire à la 4, où il y avait au moins trente chiens, la rue 5, le haut de la rue 4 (le nôtre s'y mettait alors) et ça continuait comme ça, rue 7, rue 6 en bas, rue 8 en haut, rue 9… Plus de deux cents chiens au total qui gueulaient comme des porcs, arf ! arf ! wah ! wah ! wouh ! wouh ! je me croyais en enfer, je mettais mes mains sur les oreilles, je rêvais d'acheter une carabine et de les dézinguer un à un, les lumières s'allumaient une à une dans le quartier… Il ne faisait pas bon rentrer tard ou alors il fallait marcher sous les lampadaires et se faire reconnaître… On risquait le coup de carabine dont étaient équipés tous ces malades… Évidemment, pas une seringue dans le quartier. Pas un rôdeur. Pas un bandit. Il aurait fallu être complètement héroïque pour imaginer venir piquer ne serait-ce qu'un nain de jardin par ici. Surtout un nain de jardin. C'était le déchiquetage assuré, la mort bien pourrie, la fin minable, haché menu par les molosses hideux, éparpillé dans les jardins, carabiné enfin par les furieux moustachus en pyjama. Voilà le sort qui était réservé aux voleurs de nains. Et voilà notre petit quartier paisible où la vie coulait délicatement.

⋆ ⋆
⋆

On avait installé la deuxième grue pour que le chantier avance plus vite mais il n'y avait pas assez de boulot pour que les deux grues tournent à bloc. Du coup, on avait un rythme peinard. À l'heure du thé, on arrêtait même carrément de bosser, on faisait une longue pause, on discutait de grue à grue, par le talkie, en fumant des cigarettes. Le soleil tapait contre la vitre. Le ciel était bleu électrique. Ma charge immobilisée dans l'air se balançait doucement. Je m'étais allongé sur mon fauteuil. Lucien était dans ses idées :

– Tu vois, moi, je suis un militant de rien du tout. Les querelles dynastiques, je m'en fous comme de mon premier joint. D'ailleurs, les royalistes militants sont des cinglés, quand ils ne tiennent plus dans une cabine téléphonique, ils font des scissions… Moi, ce qui m'intéresse, c'est *l'idée* monarchiste, tu piges ?

Tout en regardant droit devant moi, j'ai appuyé sur la touche du talkie négligemment.

– Ouais, je pige. Mais de plus en plus de gens disent qu'elle est dépassée, l'idée…

– De plus en plus de gens sont idiots, mon pote. Ils ne voient que le présent et s'imaginent que l'histoire est un développement irréversible et progressiste de la société… Si tu savais le nombre de civilisations qui se croyaient éternelles et qui ont disparu subitement… et ça peut aller très vite : un beau jour tu chies dans la civilisation, tu te torches le cul dans les décombres.

Je fumais ma cigarette en regardant les mouettes voler.

– … il y a des idées qui en vertu de leur racine métaphysique défient le temps, c'est ça qu'il faut piger. Quand les circonstances le permettent, l'idée est là, c'est tout. Et les circonstances le permettront bientôt, fais-moi confiance.

J'ai écrasé ma cigarette contre la tôle de la porte et j'ai jeté le mégot par la fenêtre ouverte. L'air était chaud. Je suais tout doucement. J'écoutais à moitié. J'ai appuyé sur le bouton du talkie :

– Tu crois ?

– Les rois reviendront, sois-en certain. Le monde moderne est construit sur du contingent. Bilan : la subversion a tout bouffé. Note que ça fait longtemps qu'elle a commencé la Grande Subversion… Tiens, ça a commencé exactement avec la révolte des Kshatriyas contre les Brahmanes, ça te dit quelque chose ?

– Euh…

– Première manifestation de la Grande Subversion. Porte ouverte aux Bolcheviks.

– Ouais, mais les rois, ils vont revenir quand exactement ?

– Les signes d'une crise profonde sont là. La civilisation occidentale est une pomme pourrie qui pendouille à un arbre. Les asticots vivent leurs dernières heures de fête… et je dis fête parce que c'est le mot qu'ils emploient mais leur fête est sinistre et pue la mort… Ils l'ont transformée en bal des ego, en marché carnassier macabre où des nihilistes névrosés viennent choisir leur quartier de viande à ronger jusqu'à l'aube… leur fête est sans joie, c'est le lieu où s'exprime au plus haut degré leur amour adipeux de la vie. Mais tout ça va s'écraser bientôt. Tu as déjà vu une pomme pourrie qui s'écrase sur une pierre ?

– Non.

– Ça fait des dégâts. L'Orient n'aura plus qu'à balayer les morceaux de la pomme pourrie et à faire pousser une autre pomme, belle et vigoureuse ! C'est à ça qu'il faut se préparer, tu piges ?

– Elle tombera quand la pomme ?

– À la première secousse.

Ma charge balançait de plus en plus. Le vent se levait. Soudain, c'est la voix de monsieur Pinha, le contremaître, qui est sortie du talkie. Il était sur la même fréquence que nous… Il avait sa petite voix ironique à la con.

– Excusez-moi de vous déranger, les philosophes, mais le vent est en train de se lever et j'aimerais bien qu'on ait fini avant que vos grues se mettent à gueuler…

– T'inquiète, a dit Lucien, on bosse dans la tornade…

– Ouais, ben je préférerais que vous finissiez maintenant.

– O.K., j'ai dit.

Et puis j'ai dit à Lucien :

– Bon, je change de fréquence, adieu.

Il a répondu :

– T'as remarqué à quel point il est con, ce Pinha ?

J'ai rien dit.

– C'est un gros con de Portugais à moustache. Il a vécu tu sais où ?

J'ai appuyé sur le talkie :

– Non.

– À Vesoul !

– C'est pour ça, j'ai dit.

J'ai changé de fréquence pour aller sur celle des élagueurs.

On avait à peine fait deux charges que l'anémomètre s'est mis à gueuler. Il était près de quatre heures. Le talkie a sonné :

– Alors ? Kesse tu fous ? a dit Lucien. Tu descends ou quoi ?

J'ai appuyé sur le talkie :

– Ouais, j'arrive.

J'ai invité Lucien à boire un coup à la maison. Nous sommes sortis du chantier. Monsieur Pinha était adossé à la baraque près de la sortie. Quand on est passé, il a dit :

– Fais pas trop le malin, Pontifex.

– À demain Pinha d'ours, a répondu Lucien.

On a remonté la colline d'Ajuda sous le soleil et on est arrivé à la maison. Ana et Dulce étaient assises autour de la table en fer du jardin.

– Tiens, salut Dulce, j'ai dit.

On s'est installé sur le petit muret, on a dégoupillé les canettes.

– T’as passé une bonne journée, Ana ? j’ai dit.

– Standard, elle a dit.

– Standard ?

– Ménage, courses, transat.

– Ce soir, on fait un dîner, Dulce et moi, elle a dit.

– Si ça dure tard, vaudrait mieux qu’elle dorme ici, j’ai dit. C’est dangereux, le tram après dix heures.

– Justement, elle a dit.

– Justement, quoi ?

– Ben voilà…

– Ben voilà, quoi ?

– J’ai quitté Luis, a dit Dulce.

– Ah bon ?

– J’ai quitté la pension aussi.

– Et tu vis où alors ?

– Ici.

– Ici ?

– Dans la petite chambre du bébé, a dit Ana.

– Depuis quand ? j’ai dit.

Ana a soupiré.

– Depuis aujourd’hui.

– À moins que ça te dérange, a dit Dulce.

– Non, pas du tout, j’ai dit.

– On sera heureux tous les trois, a dit Dulce.

– Euh… certainement, j’ai dit.

Je suis allé chercher deux autres bières dans le frigo de la cuisine que j’ai dégoupillées et posées sur le muret. J’étais crevé. Lucien nous a raconté une histoire de chez lui. Celle d’un pauvre diable de la toundra qui avait couché avec la femme de l’esprit des lacs, lequel n’avait pas du tout apprécié et lui avait fait bouffer le cul par des brochets alors qu'il pêchait tranquillement un dimanche.

– C'est moche, j'ai dit.

– Dans un sens, ça l'est, a dit Lucien.

– C'est bien fait, a dit Dulce.

– Si tu dois choisir une femme un jour, fais gaffe, m'a dit Lucien.

– Une femme, il en déjà une, a dit Ana.

– Il en a déjà deux, a dit Dulce.

– Oui mais vous, vous êtes des apparences, a dit Lucien.

– Ça reste à prouver, a dit Ana.

– Toute façon, je pêche pas, j'ai dit.

9

Irruption de Dulce au milieu de la nuit — elle se couche dans le lit — ça vire au trio — Romain se retire — Ana et Dulce se gouinent — Une épidémie chienne éclate — dans le jardin — Romain rêvasse — il revient se coucher — les deux gouines sont toutes gaies au réveil — elles font du nudisme dans le jardin — Lucien et Cécile arrivent — puis la famille du propriétaire — tout le monde se rhabille — la France et les Français selon Lucien — la fille de José est attirée par le sexe — mais elle est mineure et son père est flic — elle reste pour faire un Monopoly — elle veut que les filles se déshabillent — la partie de Monopoly — une partouze horrible va se déclencher — l'orage et la pluie — on rentre — Beatriz est tout excitée — Lucien met ses cornes à la con — Romain entraîne Beatriz à la cuisine — c'est une fillette très spéciale — le cri des animaux — les corps inertes — on reprend la partie de Monopoly — Romain va en prison — Beatriz gagne — on fait des pâtes — une épidémie chienne fascine Lucien.

J'étais en train de faire l'amour avec ma femme quand elle est entrée. Je ne l'avais tout d'abord pas remarqué, tout occupé à ma besogne, quand elle a toussoté :

– Je vous dérange ? elle a dit.

J'ai arrêté mon affaire sans me retourner. Ana a eu cette réponse qui aurait certainement dû me vexer :

– Non, non.

– Je n'arrive pas à dormir.

– Écoute, Dulce... j'ai dit. T'es gentille comme tout, seulement là...

– Je peux me coucher à côté de vous ?

Je n'ai pas eu le temps de répondre qu'Ana lui a dit bien sûr. Elle était en nuisette transparente. Elle s'est allongée sur le drap et a dit d'un air las :

– Vous pouvez continuer.

Ana avait tourné son visage vers elle et lui faisait un sourire. Dans ces conditions en effet, pourquoi se gêner ! J'ai donc repris mon affaire où elle en était. Seulement au bout de quelques secondes, Dulce s'est penchée sur le visage d'Ana sans rien dire et lui a roulé un patin ! Et Ana, comme si elle avait fait ça toute sa vie, a commencé positivement à lui peloter les seins ! Ça devenait donc tout à fait épique et devant ce spectacle effrayant dans la pénombre, mon organisme s'est affolé et notre petite séance pépère a tourné court ; j'ai dérapé dans le précoce et, comme un bourricot fou, j'ai lâché mon âme au fond des entrailles de ma femme en petits hoquets baroques au moment même où une épidémie chienne se déclarait dans le quartier. Je me suis allongé sur le dos, des feux d'artifice dans la tête et Dulce a pris instantanément ma place dans un enchevêtrement rapide des corps. L'épidémie se rapprochait de notre maison et Tortuga s'y est finalement mis lui aussi, presque sous notre fenêtre.

Je me suis levé, j'ai enfilé un caleçon et je suis allé boire un verre d'eau à la cuisine, éclairé par la lune. Ça gueulait d'absolument partout maintenant, c'était l'apocalypse chienne et je plaignais l'égaré du quartier, transi probablement au milieu de la meute et ignorant que dans quelques minutes son cul allait goûter aux joies de la chevrotine. J'ai ouvert la porte qui donnait sur le jardin et j'ai appelé d'une voix mielleuse le molosse qui se tenait certainement debout sur la grille de l'entrée à japper comme un demeuré.

– Tortuga... Petit-petit-petit-petit, viens chercher la bonne pâtée...

Je disais ça pour l'amadouer.

– Tortuga... Tortugaga... Viens vite chez tonton Romain...

Tout en l'appelant, je pensais que pour appeler son chien Tortuga, il fallait être sacrément lassé de la vie.

– Tortuga-petit-chien... pâtée, pâtée...

Finalement, l'ahuri a déboulé du coin de la maison, langue pendante et queue frétillante. Il s'est approché tout confiant, tout gourmand de croquettes et je l'ai chopé par le col. J'ai changé le ton de ma voix.

– Grosse tortue pleutre, tu vas la taire, ta gueule ? ! Allez, à la niche !

Je l'ai rentré dans son bazar, à côté du barbecue, et il s'est tapi à l'intérieur sans demander son reste. Je suis allé chercher mes cigarettes au salon, j'ai pris une bière en boîte dans le frigo en passant et je suis ressorti. L'air était encore chaud mais une légère brise soufflait et me rafraîchissait le torse. J'ai ouvert la boîte et allumé une cigarette en faisant le tour de la maison, prenant bien soin de marcher sur les dalles pour ne pas me salir les pieds. Les chiens commençaient déjà à se calmer. Seuls quelques irréductibles veaux aboyaient encore par intermittence mais le silence de la nuit reprenait peu à peu ses droits. Le ciel était dégagé, on voyait les étoiles ; au loin, une lueur annonçait déjà l'aube. Je buvais ma bière par petites lampées et je pensais aux grands espaces vierges dont me parlait Lucien. Il disait qu'il n'y avait pas de fête de la musique là-bas. Il disait tu te rends compte, mec, un pays sans fête de la musique. Je m'imaginais sur le pas de ma cabane en bois, à l'aube comme aujourd'hui, fumant ma cigarette devant un gros soleil rouge, un élan étonné qui passe par-là et le bruit de ses sabots sur la terre gelée et la cheminée qui fume doucement. J'avais des frissons sur tout le corps. Le chien avait sorti son museau de la niche et me regardait en silence. En passant sous la fenêtre de la chambre, j'ai entendu le bruit que faisaient les petites folles et je me suis rendu compte que je les avais complètement oubliées. Je suis rentré *illico* dans la maison et me suis planté sur le pas de la porte de la chambre.

– Si j'ai bien compris, vous vous gouinez ? !

Elles ne répondirent ni n'esquissèrent le moindre geste. Je suis resté quelques secondes à les écouter geindre et à les voir se trémousser puis j'ai cherché une autre bière dans le frigo. Je suis allé dans la chambre de Dulce et me suis assis sur le petit lit en me disant que les hasards de la vie pourraient bien faire qu'il devienne bientôt le mien.

Et puis soudain, ça a bramé un peu plus fort et puis encore un peu et c'était fini. J'ai bu ma bière en une gorgée, je suis allé jeter la boîte à la poubelle et je suis retourné dans le lit au milieu des deux corps repus, luisants, humides et inertes ; je sentais les ondes d'une chaleur animale s'éclater sur mon torse, j'ai eu un petit rot silencieux de bière et Ana a dit en chuchotant d'une voix d'outre-tombe :

– Tu sens la bière, mon chéri.

Et elle a sombré immédiatement dans un sommeil lourd et profond.

* *
*

Au réveil, elle étaient toutes gaies, mes petites gouines. Il faisait beau, chaud, le ciel était bleu et clair, c'était samedi, elles devaient se sentir libres et heureuses. Dès neuf heures du matin, elles avaient bondi du lit pour se faire couler du café à la cuisine. Ensuite, elles revenaient l'une après l'autre dans la chambre pour me secouer :

– Réveille-toi, il fait beau.

Je mettais l'oreiller sur ma tête.

– Réveille-toi, gros tas (ça c'est Ana).

Je me rendormais dès qu'elles quittaient la chambre.

Finalement, j'ai émergé à onze heures et demie. Elles étaient dans le jardin, sur des transats, complètement à poil. De la fenêtre de la véranda, j'ai repéré le petit vieux d'en face caché derrière son rideau. Je suis sorti. J'ai toussé pour m'éclaircir la voix :

– Je trouve que vous exagérez, j'ai dit.

– Tiens, t'es déjà réveillé ? a dit Ana.

– Les proprios vont bientôt arriver, j'ai dit.

– On les entendra, a dit Dulce.

– Ils passent directement par le jardin, j'ai dit.

– On paie un loyer, a dit Ana.

J'ai pris une chaise et m'y suis assis.

– Au fait, j'ai pas rêvé, hier soir… vous vous êtes gouinées comme des affreuses…

Dulce a rigolé.

– Faudra t'y faire, a dit Ana.

– On est devenu de vraies lesbiennes, a dit Dulce en relevant son transatlantique jusqu'à la position assise.

Je suis allé faire couler du café à la cuisine et j'ai allumé une cigarette en regardant les gouttes tomber dans la carafe en verre. Dulce m'a rejoint.

– Tu ne veux pas t'habiller ? j'ai demandé.

– Pourquoi ? Ça te dérange ?

– C'est pour les proprios.

À ce moment précis, on a sonné à la porte d'entrée. Je suis allé ouvrir. C'était Lucien et Cécile.

– On vient pour le barbecue, a dit Cécile.

– Qui vous a invités ?

– On a ramené de la bière, a dit Lucien.

– Bon, ben entrez.

J'ai mis les bières au frais et on est allé au jardin. Dulce s'était recouchée sur le transatlantique.

– C'est super ! a dit Cécile, en voyant les filles à poil.

Elle s'est déshabillée à son tour. Le vieux derrière sa fenêtre devait croire à un miracle.

– Y a que deux transats, a dit Ana.

– C'est pas grave, elle a répondu.

Elle s'est assise sur la balançoire et Tortuga s'est approché d'elle la queue toute remuante et Cécile s'est mise à le caresser, à lui embrasser la truffe, à lui parler :

– Gentil toutou à sa maman, Tortuga chéri, minou minou…

Et puis, elle a joué avec lui sur le gazon et le clebs était tout content, il aboyait et il courbait ses pattes avant, posant sa gueule sur l'herbe, la queue fouettant l'espace de manière absurde. Lucien a déplié un journal. Cécile est rentrée dans la niche de Tortuga. Je suis retourné à la cuisine boire mon café, Dulce m'a suivi. Elle a pris un yaourt dans le frigo qu'elle a mangé adossée au mur. Je me suis assis sur l'évier et l'ai regardé sans rien dire en soufflant dans ma tasse. Je n'en pouvais plus du tout de tout cela.

Je pensais justement à José quand j'ai entendu des voix et des rires qui se rapprochaient. Le brave José se pointait par le jardin avec sa petite famille et un couple d'amis et tous sont tombés nez à nez avec la chatte d'Ana tandis que Tortuga venait faire fête à son maître, oubliant Cécile. La mère a pris ses gamins par la main sans rien dire et les a entraînés dans la petite allée de laquelle ils venaient. José est tombé en arrêt devant le transatlantique. Je suis sorti en catastrophe.

– Cher José… j'ai dit en lui tendant la main.

Il essayait de me regarder mais il avait manifestement du mal. Dulce est sortie à son tour de la cuisine. José l'a regardée et il a ouvert la bouche comme un crapaud. Ses seins se soulevaient lentement et retombaient lentement, rythmés par sa démarche de hyène et laissant deviner un *poids* propre à se rouler par terre et à hurler son désir aux étoiles. Et c'est finalement cette débile de Cécile qui est sortie de la niche à quatre pattes. J'avais l'impression que la mâchoire de José se décrochait complètement et qu'elle allait tomber sur le sol. Il allait certainement imaginer qu'on lui avait loué sa bicoque pour faire des films de porno amateurs. J'ai essayé de blaguer.

– On est un peu nudistes, nous autres Français, ha ha… Ana ?

Je me suis approché du transat et j'ai pris Ana par le bras.

– Monsieur José est là, j'ai dit.

Elle s'est levée, s'est approchée de lui en se déhanchant et lui a tendu la main. Ensuite, elle a fait pareil avec son ami et la femme de son ami. De derrière, je voyais les traces de la toile du transat imprimées sur ses fesses. Ensuite, elle est rentrée à la cuisine d'une démarche lente et féline, roulant très largement du cul et Dulce l'a suivi, tout aussi lente et féline et tout autant remuante du cul et Cécile, qui s'était redressée pour l'occasion et avait ramassé ses vêtements, les imitait à son tour. J'étais impatient de l'explication que j'aurais avec elles mais en attendant je mémorisais pour l'éternité ce défilé inouï et nonchalant de trois culs d'idéal qui, lascifs, disparaissaient dans la cuisine dans une insolence démoniaque.

José essayait de plaisanter avec ses amis, il appela sa femme et ses mômes et il n'y avait finalement qu'une personne réellement furieuse, c'était la femme de l'ami en question qui avait un petit air d'autruche pincée et un gros popotin péniblement caché par un short militaire kaki.

– Quelle affaire ! disait José. Mes amis m'avaient bien dit. Louer à des Français : scandale assuré.

– Une et demie sur trois sont portugaises, j'ai dit.

– Mais c'est pas grave, les enfants n'ont rien vu, c'est l'essentiel.

– Nous, on est des adultes, a dit l'ami de José.

José m'a tendu deux bouteilles de vin pétillant pour les mettre au frigo et des baguettes de pain qu'il avait achetées dans une boulangerie française. Je me suis resservi une tasse de café et je suis retourné dans le jardin en me frottant le cou. José versait des croquettes dans la gamelle du chien. Les autres s'étaient assis sur les chaises de jardin et sur le muret, à côté de Lucien qui lisait son journal comme si de rien n'était. J'ai fait les présentations. Le couple d'amis s'appelait Bruno et Véra. Ils étaient en short eux aussi. Ana, Dulce et Cécile réapparurent, la première en survêtement blanc et haut de maillot de bain et les deux autres en robe légère. José et Bruno étaient complètement décontractés maintenant. Ils faisaient des blagues. Ils étaient familiers. Bruno a dit :

– Revoilà les nymphes !

Il s'imaginait que les avoir vues à poil quelques secondes lui donnait le droit d'être sympathique.

– On vous a obligées à mettre des vêtements, a dit José en rigolant.

– Vous nous avez obligées à rien du tout, a dit Ana.

– Si on avait voulu, on serait resté à poil, a dit Dulce.

Bruno avait les yeux qui brillaient.

– On s'est rhabillées parce que c'est mal de rester nu devant les hommes. Ça leur donne des idées méchantes, a ajouté Dulce.

J'ai ramené des canettes de bières fraîches que j'ai posées sur la table et José a commencé à remplir le barbecue de charbon. Bruno était tout enjoué. Il disait qu'il n'avait jamais vu autant de Français. Il disait des trucs dans le genre :

– La France, c'est le phare de l'humanité.

– C'est pas la peine d'essayer de nous flatter là-dessus, a soudain dit Lucien en repliant son journal. La France, c'est complètement foutu.

Du barbecue, José a dit :

– Comment ? Comment ?

– Faut faire une croix dessus, a continué Lucien. Ça n'existe plus. C'est mort et enterré. Les pédagogues soixante-huitards ont fini le boulot commencé par Louis-Philippe.

– Qui ça ? a dit José.

– Louis-Philippe, roi des veaux.

Je suçais une bière au soleil.

– J'croyais que t'aimais les rois ? a dit Cécile.

Lucien a soupiré.

– J'aime les rois d'une terre, pas les rois d'un peuple.

Il a décapsulé une bière et s'est tourné vers Bruno.

– Vous, vous aimez les Français dans le genre de ceux qui ont pris la Bastille, ou un truc comme ça, pas vrai ?

– Ah, la Bastille ! a dit Bruno. Le phare de l'humanité…

– Voulez que je vous dise comment il est le Français 2000 ?

– Ah oui ! ah oui ! j'en veux, j'en veux…

– C'est un zombi autonome et responsable qui aime la boîte dans laquelle il travaille et respecte son patron. Il regarde la télévision trois heures par jour. Il adore les bons sentiments. Il va patiner le dimanche au bord des fleuves ou dans les bois, quand il n'est pas en week-end au bord de la mer. Il consacre ses vacances à visiter des pays étrangers et à gueuler parce qu'on y excise les femmes. Il combat le fascisme disparu il y a plus de cinquante ans. Il est optimiste. Il a des frissons quand il vote. Il lit Christine Angot. L'hiver, il se fait parfois engloutir par des avalanches. Il croit au progrès. Il trouve que son époque est formidable.

– Mais, mais… c'est moi ! a dit Bruno. Je suis français ! Je suis français !

– On est tous français ! a dit José qui agitait un carton devant le barbecue pour faire rougir les braises.

Et puis Ana, à qui on avait pourtant rien demandé, s'y est mise de son couplet :

– On est tous des citoyens du monde !

Je suis intervenu :

– Je me demande où tu vas chercher des idées tellement originales, ma chérie.

– Chez moi, c'est naturel, elle a dit.

Le petit con, fils de José, était d'accord avec Ana.

– Moi je me sens plus citoyen du monde que portugais.

– Moi pareil ! a dit Dulce.

Tout le monde se vautrait à présent dans la communion fraternelle universelle en rigolant quand José a posé les saucisses sur la grille du barbecue. Une fumée épaisse a envahi le petit jardin. J'ai pris les canettes vides et je suis allé les jeter dans la poubelle de la cuisine. Je suais. Les deux bières que je venais de boire à jeun m'avaient déjà pété la gueule. J'avais envie d'un peu de silence alors je me suis posé sur le sofa du salon. La petite Béatriz m'y a rejoint au bout de quelques minutes.

– Je peux m'asseoir à côté de toi ? elle a dit.

– Ouais.

Elle avait le même short que la dernière fois et un petit tee-shirt blanc. Elle s'est assise.

– Quand je suis arrivée, j'ai bien vu les filles, elle a dit.

– Et alors ?

– Elles sont belles.

– T'aimes les filles, toi ?

– Non.

– T'aimes quoi ?

– Les garçons.

– Ouais, mais t'es encore un peu jeune, n'est-ce pas ?

– Il y a un Monopoly dans l'armoire...

– Et alors ?

– Quand mes parents partiront, je pourrais rester pour faire une partie de Monopoly...

– Ouais ?

– Je rentrerai demain matin.

Je l'ai regardée en coin. J'ai imaginé son père en uniforme.

– On joue pas au Monopoly ici.

Je suis retourné au jardin. La distribution de saucisses avait commencé. Bruno avait ouvert une bouteille de vin pétillant. Je n'en pouvais plus de la chaleur. Les baguettes n'étaient pas assez cuites, les saucisses l'étaient trop, on faisait des blagues dans tous les sens, je me disais qu'un barbecue par semaine, c'était quand même *énorme*.

* *
*

Au moment où ses parents se préparaient à partir, Beatriz a dit à sa mère que je l'avais invitée à faire une partie de Monopoly et qu'elle rentrerait le lendemain matin en train. Je trouvais le procédé un peu pénible, mais quand la mère m'a demandé si j'étais certain que ça ne nous embêtait pas de garder la petite pour la soirée, j'ai répondu :

– Pas du tout, elle dormira sur le sofa du salon, voilà tout.

Cette idée de Monopoly avait exalté les trois andouilles qui frappaient dans leurs mains et se réjouissaient à l'idée de sombrer dans la régression infantile en toute impunité. Elles disaient que c'était une super idée.

– J'adore les jeux de société, a dit Dulce.

– Si seulement on avait un *Trivial Pursuit*, a dit Ana.

– Chouette de chouette, a dit Cécile.

Beatriz et moi avons accompagné tout le monde à la porte et salué de la main.

– À samedi prochain !

José donnait des coups de klaxon tandis que la voiture s'éloignait, les mains sortaient des vitres et s'agitaient, la petite disait « Au revoir, Maman », je regardais son petit cul moulé dans son short en me disant que José était vraiment un con sinistre de laisser sa fille si excitée dormir chez nous.

De retour au jardin, Beatriz s'est assise sur le muret sans rien dire. J'ai débarrassé les assiettes, les verres et j'ai donné un coup de torchon à la table. Beatriz regardait Ana et Dulce. Elle a finalement dit :

– Vous vous déshabillez pas ?

– Quoi ? a dit Ana.

– Pourquoi vous vous mettez pas à poil ?

– Pourquoi on se mettrait à poil ?

– Ben, parce que les parents sont partis maintenant…

– T'es une marrante, toi, a dit Ana. C'est fini le bain de soleil.

Beatriz a eu l'air déçue.

– Écoute, j'ai dit. T'es restée ici pour faire un Monopoly, alors on va faire un Monopoly, O.K. ?

Dulce a apporté le Monopoly et l'a posé sur la table propre. Lucien avait roulé un joint et l'avait fumé tout seul et à présent il avait un air bizarre et absent. Nous avons installé le plateau du jeu, choisi les pions, distribué l'argent… Je me suis levé pour aller chercher un nouveau paquet de cigarettes dans la chambre et Lucien m'a suivi. Il m'a dit d'un air grave :

– Écoute, mec, je tiens à te prévenir que dans une demi-heure une fantastique partouze va se déclencher ici même.

– Qu'est-ce que tu racontes ?

– Je suis allé voir l'esprit de la terre-mère à l'instant. Elle a donné l'excitation aux femmes. Dans une demi-heure, elles nous tombent dessus.

– Merde, j'ai dit. Et la petite ?

– Déchaînée.

J'ai pris mes cigarettes. Lucien a dit :

– Il va y avoir un orage. Elles seront folles, tu peux me croire.

Je me suis gratté la joue sans rien dire et Lucien a ajouté avant de sortir :

– C'est ma femme qui va être contente.

Nous nous sommes assis autour de la table et avons commencé la partie de Monopoly. Il faisait en effet de plus en plus lourd et humide, les corps brillaient autour de la table, les respirations se faisaient lourdes et saccadées. J'épiais le moindre signe. Des perles de sueur roulaient sur la gorge d'Ana. Beatriz avait les yeux pétillants et les pupilles dilatées. Cécile se caressait machinalement le bras. On tirait les dés pour avancer et je n'ai pas eu assez d'argent pour acheter une rue tandis que Dulce achetait l'avenue de la Liberté. Le vent s'est brusquement levé, emportant quelques billets que nous allions récupérer dans le jardin. Des éclairs apparurent au loin. J'ai surpris Beatriz en train de serrer très fort ses jambes sous la table. Ana a dit :

– Il va y avoir un orage. On ferait mieux de rentrer.

Et en effet, le premier coup de tonnerre retentit dans le ciel, sonnant la libération apocalyptique des instincts. Le cabot fila dans la niche, la queue basse, laissant la place aux hommes. Le ciel se déchirait avec fracas et des trombes d'eau tombèrent soudain. Nous avons vite rentré le jeu en faisant attention de ne pas trop déplacer les pions et nous l'avons posé sur la table du salon. Le barbecue crépitait et fumait et les grosses gouttes d'eau qui le noyaient étaient pareilles à de petits obus. Nous avons rentré les chaises et la table sous la véranda et avons ramassé ce qui traînait par terre, de la crème solaire, une paire de lunettes de soleil, des canettes vides. Quelques secondes sous la pluie nous avaient tous complètement trempés. Nous avons fait le tour de la maison pour fermer toutes les fenêtres et nous nous sommes retrouvés au salon. La robe trempée de Dulce était collée à son corps et épousait exactement ses formes tandis que les petits seins de Beatriz pointaient sauvagement à travers son t-shirt humide. J'observais le déchaînement progressif des âmes possédées. Les gestes devenaient maladroits. La chaleur des corps semblait *visible*. Une odeur humide et animale se répandait dans la pièce, les cœurs battaient fort et les yeux brillaient d'un éclat fiévreux. Ana est allée chercher une serviette pour sécher Beatriz qui respirait maintenant la bouche ouverte, avec une certaine difficulté. Elle lui retira délicatement son t-shirt et Beatriz leva les mains et se laissa faire. Son visage disparut et ses petits seins adolescents apparurent au moment même où un coup de tonnerre fantastique éclata dans le ciel. Lucien s'approcha de moi et me dit : « Maintenant. » Et il sortit dans la pluie. Pendant qu'Ana séchait Beatriz au bord de l'extase, je le vis par la fenêtre, sous la pluie torrentielle, fouillant dans le coffre de sa voiture, y extrayant quelque chose avant de rentrer dans le jardin pour rejoindre la cuisine par derrière. Quelques minutes après, il apparut dans le salon complètement nu et en érection.

Une ramure d'élan sur la tête et une peau d'animal sur les épaules.

Les quatre filles ont immédiatement braqué leurs yeux sur sa bite en ne se préoccupant que très peu de ce qu'il avait sur la tête. Je me suis approché de Lucien. Je lui ai dit :

– Euh, écoute, Lucien, les cornes, là, ça risque pas d'effrayer la petite ?

Mais avant qu'il ne réponde, Beatriz avait littéralement plongé devant Lucien et avalé sa queue jusqu'aux boules comme un poisson fou. Je l'ai prise par dessous les bras et l'ai entraînée dans la cuisine pendant que Lucien commençait à sauter dans tous les sens en couinant. Il faisait sombre à cause de l'orage et on entendait le bruit sourd de la pluie qui tombait sur le toit plat de la véranda. Elle se tortillait comme une chenille.

– Écoute-moi bien, j'ai dit. Es-tu bien certaine de vouloir te vautrer dans ce stupre infini ?

Elle avait l'haleine chaude et la bouche humide. Elle a répondu :

– Je veux me faire mettre par tous les trous comme une pute infinie.

Instinctivement, je mis ma main devant ma bouche comme une vieille bigote. Du salon, nous parvenaient des bruits d'élan en rut.

– Bien, bien, bien… imagine si ton père arrivait maintenant ?

En deux secondes, elle avait enlevé son short et sa culotte. Un éclair fusa comme un immense flash et éclaira son pubis et les quelques poils qui le décoraient. Je continuais d'une petite voix :

– Ou bien ta mère…

Elle avait commencé à ouvrir les boutons de mon pantalon quand le tonnerre éclata. Elle s'est assise sur l'évier les jambes écartées.

– Tu sais que je risque la prison avec tes conneries...

– Tu regretteras pas la prison après ce que je vais te faire.

– Sacrée fillette, ma parole !

Mêlés au bruit de la pluie, on entendait le brame de Lucien ainsi que des aboiements furieux et d'autres bruits d'animaux improbables. Je suis rentré dans le jeune con au moment où un formidable « hi-han » a couvert les autres borborygmes.

– Merde, c'est ma femme, ça ! j'ai dit.

– T'occupe et lime ! a répondu Beatriz.

La foudre éclairait furtivement son visage, le tonnerre faisait exploser le ciel, la cuisine était sombre et du salon, une ménagerie cosmique criait ses douleurs et ses jouissances au ciel. Beatriz est descendue de l'évier, elle s'est retournée et a saisi le robinet d'eau chaude de la main gauche et le robinet d'eau froide de la main droite et elle s'est accrochée très fort et m'a demandé de ne pas la ménager et les éclairs se déchaînaient à présent sur sa petite croupe de rêve. Elle avait les bras tendus, le corps à l'horizontale, la tête relevée et les jambes complètement écartées et elle remuait les reins doucement et je suis retourné à l'assaut en pensant que dix ans de prison n'étaient en effet pas très cher payés pour elle. Elle devenait de plus en plus haletante, elle faisait tourner sa tête, ses cheveux humides s'envolaient dans tous les sens, sa peau était toute mouillée de sueur et mes doigts glissaient sur sa taille et ses petits seins demeuraient immobiles sous elle. Une fureur animale nous envahissait. Beatriz avait la voix rauque, les muscles tendus et j'avais beau donner des coups de boutoir insensés, elle ne bougeait pas d'un centimètre, si bien calée qu'elle était aux robinets et son fessier accueillait sans trembler mes attaques fébriles. Elle me criait d'aller toujours plus fort, elle était complètement possédée ; soudain, elle a levé le visage vers le ciel, un éclair l'a immortalisée quelques secondes et elle a joui dans les étoiles en criant comme une damnée.

Nous sommes retournés au salon, j'étais à moitié groggy mais la petite folle s'est immédiatement jetée dans la mêlée des animaux en rut, lapant et branlant tout ce qu'elle trouvait sur son passage. Lucien chevauchait Dulce et sa grande ramure tremblait sur sa tête. Les vitres de la fenêtre étaient couvertes de buée. Quand Lucien a eu achevé Dulce, il a tourné la tête vers Beatriz, l'a saisie par la taille en bramant et a commencé à l'enfiler comme une biche des ténèbres. Dulce semblait avoir eu son compte. Elle s'est prostrée contre le sofa, la viande repue, la peau dégoulinante de sueur et de sperme et les yeux vides. Dehors, l'orage était à son comble. Le spectacle m'a redonné un peu de courage et dans un dernier effort je me suis approché de Cécile et l'ai prise par terre, aux pieds de la table et les ombres dansaient. Elle s'est mise à aboyer et Ana lui a tendu sa croupe et elle a fourré son museau dedans et la petite Beatriz a joui de nouveau et Cécile a joui et Ana a joui et Lucien a joui et moi j'ai joui.

Lucien s'est mis en boule dans un coin de la pièce et Cécile a dit à Beatriz de ne pas s'inquiéter :

– C'est normal, elle a dit dans un soupir.

Mais Beatriz ne s'inquiétait pas du tout. Elle a sombré sur Dulce et Ana et Cécile ont sombré également et les chairs mouillées glissaient les unes sur les autres et se stabilisaient dans un équilibre d'abattoir et tout s'est finalement arrêté et l'orage s'éloignait déjà et on a pu entendre bientôt le chant d'un petit oiseau qui s'était caché pendant l'orage et qui sifflait devant la fenêtre sa joie d'un monde à nouveau calme et paisible.

⋆ ⋆
⋆

Le silence dura longtemps. Petit à petit, le charnier informe a bougé et les corps ont repris une forme, un bras par-ci, une jambe par-là et les corps se sont finalement levés et ont défilé sous la douche et en sont ressortis habillés, propres et secs et on a repris la partie de Monopoly où elle en était.

Il faisait frais à présent mais les nuages filaient déjà vers le nord. Lucien avait ouvert la porte d'entrée. Il a dit :

– Il fera beau demain.

– J'achète la place des Restaurateurs, a dit Beatriz et elle a rigolé comme une petite folle parce qu'elle possédait déjà six rues qui se suivaient, plus la gare entre les deux séries de rues et on voyait ses bagues aux dents qui brillaient. J'ai tiré les dés, je suis allé en prison pour trois tours et Beatriz a ri de plus belle et elle a dit :

– Bien fait !

Dulce a rigolé à son tour et tout le monde s'est finalement moqué de moi, même Lucien qui s'est cependant retrouvé en prison lui aussi le tour d'après.

La nuit est tombée, fraîche et étoilée, Beatriz a gagné la partie après avoir pratiqué des loyers scandaleux et nous avoir tous mis sur la paille. Elle jubilait comme c'était pas permis. Je l'ai regardée en train de faire ses mimiques de bébé et j'ai rougi tout seul dans mon coin.

– Tu pourrais avoir la victoire modeste, lui a dit Ana.

Cécile et Dulce sont allées préparer des pâtes et nous sommes restés à l'intérieur pour les manger parce qu'Ana disait qu'il faisait trop froid dans le jardin. J'ai ouvert une bouteille de vin rouge et Beatriz m'a demandé si j'avais pas du Coca-Cola au frigo. Je suis allé lui chercher une boîte de Coca, elle a bondi avec sur le sofa, elle a allumé la télévision avec la télécommande et elle s'est assise sur ses talons, les genoux contre le visage. J'ai servi un verre à Lucien.

– Alors, comment va ta femme, Pontifex ? j'ai demandé.

– Pas de soucis majeurs, il a répondu.

– C’est tip-top cette émission, a lancé Beatriz sans quitter la télévision des yeux et je me suis dit à ce moment précis qu’il fallait la rendre au plus vite à ses parents.

Dulce a apporté la casserole de pâtes et chacun s’est servi. Beatriz a mangé devant la télévision et une épidémie chienne a éclaté vers la fin du repas. Lucien s’est planté sur le palier. Il a écouté jusqu’au bout le concert diabolique d’un air fasciné. Il disait :

– Celui-là gueule contre les étoiles… Celui-là gueule contre la lune… Celui-là contre le silence de la nuit… C’est les chiens de la légende, camarade. Ils ont soif d’absolu.

– Ouais, ben laisse tomber, a dit Cécile. Viens plutôt finir ton assiette.

Il a refermé la porte d’entrée.

– T’imagines quand tu dors ? j’ai dit.

– Cache-toi sous la couverture et ne te moque pas d’eux, a dit Lucien.

– C’est ce que je lui dis sans arrêt, a dit Ana.

– N’empêche, c’est chiant, j’ai dit.

10

À la pension chercher Pépé — une blague — dans le quartier haut — la bacalhau pride *— en fuite — panique — refuge dans un café — un Pridien — la* Love parade *de Berlin — le progrès selon Paraz — sauvés — Sibérie de tous les espoirs — youpi — Gengis Khan encore — le paradis est à l'ombre des épées — Lucien vient habiter à la maison — il entraîne Romain dans les bois — pour fumer un joint — et pour l'initier à son premier voyage — la Maison-Blanche — le coup du bretzel — quel con ce Romain — les anges dans le ciel — et les turbo-djinns — sainte Catherine — Blankebin — les ratonnades célestes — Ungern Sternberg — Macil'loz — retour dans la forêt — michés — rencontre de la femme à Lucien — rencontre également de Niourgoun qui est un malpropre — retour à la maison — le lendemain sur la grue — Romain tombe malade — il prend la petite chambre de Dulce — fièvre — Khardas et Biotos — voyage sur l'arbre infini — rencontre de maman l'élan — les petits démons rigolos — ils bouffent la chair de Romain — comptent ses os — Romain guérit — Ana et*

Dulce ont eu bien peur — encore un orage — les filles regardent la télévision — Lucien est sorti — au chantier — il fait nuit noire — un talkie-walkie — le tractopelle de Césario — l'ordalie — des éclairs s'abattent sur la grue — qui s'écrase sur le chantier — c'est fini.

Ce samedi-là, on devait passer à la pension pour chercher Pépé et l'emmener faire un petit tour dans le quartier haut, si bien qu'on a quitté le barbecue très tôt. La petite Beatriz avait demandé à sa mère si elle pouvait rester avec nous et sa mère avait répondu : « Bien sûr, ma chérie. » On s'est donc pointé en bande dans le Chiado : Ana, Dulce, Cécile, Beatriz, Lucien et moi. Dona Rosario s'est presque évanouie en nous voyant. Elle nous a serrés contre ses gros seins en nous disant que la vie s'était arrêtée depuis qu'on était parti ou une connerie comme ça. Je suis monté au deuxième. La porte de la chambre de Pépé était ouverte. J'ai regardé à l'intérieur de la pièce. Le fauteuil était à sa place, de dos. Je suis entré discrètement dans la chambre et je me suis accroupi derrière le fauteuil. J'entendais sa respiration lente et régulière. Tout à coup, j'ai gueulé de toutes mes forces : « Aux armes ! » Le fauteuil a tremblé dans tous les sens et Pépé s'est réveillé en sursaut. J'ai fait le tour du fauteuil en riant :

– Ha ! ha ! ha ! Je t'ai bien eu, Pépé !

– C'est toi ? !

– Pardi !

– Viens voir un peu me faire une bise, couillon.

Je me suis approché, il m'a mis une grande claque dans la gueule !

– Tiens, petit con ! Voyou ! À mon âge, l'infarctus n'est jamais loin…

Ensuite, il a tourné son fauteuil vers la porte et il a dit :

– Allez, on se tire, je me fais de plus en plus chier ici.

En descendant, on a croisé Césario qui remontait et on l'a embarqué avec nous. Pour éviter les embûches, on est descendu dans la ville basse jusqu'à la place des Restaurateurs et on a pris le funiculaire de Graça pour monter dans le quartier haut. Un brouhaha inquiétant s'amplifiait à mesure que l'on grimpait. Arrivé en haut, à peine avait-on sorti Pépé du funiculaire et fait quelques pas que l'on a vu des milliers de gens dans la rue, avec des drapeaux, un peu comme une manifestation. Lucien s'est arrêté net. Il est devenu blême.

– Merde, une *pride*, il a dit.

On l'a tous regardé sans rien dire.

– Ça devait arriver, il a ajouté.

Il respirait fort et s'est mis à suer. Pépé regardait le défilé en fronçant les sourcils.

– Kesse qu'on fait ? j'ai dit.

– Règle numéro un : rester groupés, a dit Lucien.

Il ne quittait pas la *pride* des yeux. On entendait des tam-tams, des cris et des rires et une voix dans un haut-parleur et plus loin, une sono qui avançait dans notre direction. Lucien évaluait le son.

– C'est une sono terrifique, il a dit. Beaucoup trop forte pour nous.

– C'est sympa, la musique, a dit Beatriz.

Lucien a fait mine de ne rien entendre. Il continuait à fixer la *pride*. Il a dit soudain d'un air volontaire :

– Il n'y a qu'une solution, c'est la fuite !

Il a regardé en arrière mais le funiculaire était déjà en train de redescendre. Il s'est adressé à moi :

– Occupe-toi de Pépé, fidèle lieutenant, on file par la gauche !

J'ai saisi le fauteuil de Pépé et nous avons commencé notre course folle. Mon cœur battait la chamade, je galvanisais les filles :

– Ne vous inquiétez pas, on va s'en tirer ! Il faut faire confiance à Lucien !

Nous avons longé l'avant-garde de la *pride* pendant quelques secondes et, Lucien en tête, nous sommes engouffrés dans le *paço da cidade*. Nous l'avons descendu jusqu'au bout mais au moment de prendre la rue de la Rose, Lucien a fait un grand signe de la main et s'est arrêté si brutalement qu'il a dérapé.

– Bordel ! demi-tour ! demi-tour ! on est baisé !

Nous avons remonté la rue en courant. La panique commençait à nous envahir. Lucien s'arrêtait à chaque croisement, il mettait une main à son oreille, il évaluait la distance du monstre.

– Elle descend la rue de la Miséricorde ! À droite ! On va essayer de gagner la place Camões et de là, on descendra vers le Caïs de Sodré d'où on s'enfuira par le fleuve ! On ira au Brésil !

On entendait des cris assez distincts à présent. « Droit à la fête ! » ça gueulait, et tam-tam-tam-tam. « On est fiers ! » tam-tam-tam. « La vie, c'est cool ! », tam-tam. Du haut de la rue, on apercevait des ombres qui dansaient dans les tam-tams, effrayantes, certaines déguisées en bonnes sœurs... Lucien mettait ses mains sur les oreilles. On descendait la rue en courant, hagards, la chaise de Pépé rebondissait sur les pavés.

Nous sommes arrivés au bord de la place Camões et Lucien s'est plaqué contre un mur en hurlant comme un animal blessé. J'ai lâché Pépé et je me suis rué à ses côtés. La place était déjà envahie. Il y avait des banderoles enroulées autour de la statue de Camões sur lesquelles était écrit : *Fierté de la Morue*. Lucien s'est adossé au mur et s'est laissé glisser jusqu'à se retrouver assis sur les talons. Il était défait. Les filles ne disaient rien. J'ai pris les choses en main :

– Allez, viens, Lucien, on va remonter et on va essayer de sortir du quartier par la place du Prince royal...

– On est foutu, a répondu Lucien. On y arrivera pas. On va la croiser.

– Allez quoi, Lucien, courage !

Heureusement, il s'est repris.

– T'as raison, y a que ça à faire.

Il s'est relevé et nous sommes remontés. Mais c'était vraiment foutu en effet. Au coin de la rue du *Paço da cidade*, nous avons réalisés que la pride commençait à pénétrer les petites rues du quartier haut… Lucien tremblait. Cécile était à la traîne. Nous l'avons attendue et avons organisé un petit conseil de guerre en vitesse.

– On est complètement baisé, a dit Lucien. La seule chose à faire, c'est de rester dans les petites rues, la sono n'y entrera pas.

– On a qu'à se planquer dans un café, a dit Pépé.

– Bravo Pépé ! a dit Lucien.

J'ai pris mon courage à deux mains. J'ai dit :

– Attendez-moi là !

J'ai redescendu un peu la rue du Nord et suis entré en courant dans la rue des Rois de Dieu, à droite, que j'ai suivie jusqu'en son milieu. On était à peu près au cœur du quartier haut. Il y avait deux ou trois bistrots dans la rue qui paraissaient épargnés. Je suis revenu en courant toujours. Le son s'approchait dangereusement. Les cris aussi.

– Venez ! j'ai dit.

Tout le monde m'a suivi au pas de course. Lucien poussait Pépé. Nous avons choisi le plus petit bistrot et nous sommes engouffrés dedans. Nous nous sommes assis à une table tout au fond et sommes restés dans le silence pendant un temps, écoutant la rumeur affreuse qui envahissait tout. Le serveur est venu prendre la commande, deux bouteilles de vin pétillant. La petite rue des Rois de Dieu se remplissait petit à petit. Ils passaient en criant et en chantant.

Au bout de dix minutes, un type est entré dans le café. Nous l'avons reconnu tout de suite. Il avait une perruque verte sur la tête et des autocollants sur la poitrine. Je repensais à mon grand-père qui m'avait souvent raconté l'histoire de ce nazi pénétrant dans un petit café de Bagnolet où il complotait avec d'autres résistants. Je n'étais pas fier. Lucien a chuchoté :

– Restons calmes.

On avait le nez dans notre verre de vin pétillant. La gorge sèche. J'ai allumé une cigarette en tremblant.

Le Pridien a commandé un Coca-Cola au comptoir. Il inspectait la salle d'un regard circulaire. Il avait la tête d'un vrai fanatique de la fête. On sentait que celui-là voulait en découdre.

– S'il vient à notre table nous questionner sur le défilé, on est mort, a chuchoté Lucien.

Et puis il a regardé Beatriz.

– Tu t'y connais un peu en *pride,* toi ? S'il vient, tu répondras, c'est notre seule chance...

Pépé a dit :

– C'est moi qui parlerai, je suis un vieillard, il n'osera pas...

– Si tu ne connais pas le nom du DJ qui organise la *Love Parade* de Berlin, ton sort sera scellé, Pépé, tout vieillard que tu sois.

Le Pridien parlait à haute voix avec le serveur. Il disait :

– C'est une fête de la mort... C'est hyper sympa... Tout le monde s'éclate... C'est trop cool...

Le serveur l'écoutait et lui posait parfois une question sur la fête.

– C'est trop une ambiance fraternelle, disait le Pridien, on dirait que tout le monde s'aime...

J'ai regardé Lucien. Il essayait de garder une contenance mais on voyait qu'il était au plus mal. Le Pridien continuait :

– On va la faire tous les ans, cette *Bacalhau Pride*... on va décréter un jour national sans *bacalhau* pour sensibiliser les gens au sort des morues.

Le serveur hochait gravement la tête.

– Les morues ont *droit* à une fierté, disait le Pridien. La fierté de la morue, c'est un super progrès. C'est plus de démocratie. D'ailleurs, je vais te dire un truc, c'est hyper réac de manger de la morue, tu sais pourquoi ?

– Non, a répondu le serveur.

– Parce que les rois du Portugal en mangeaient déjà.

Le serveur a réfléchi un court instant. Il a dit :

– Ouais, c'est vrai. T'as raison. C'est réac à fond de manger de la morue. D'ailleurs manger par la bouche, c'est hyper réac.

– Ouais, c'est vrai, c'est réac à mort de manger par la bouche... a dit le Pridien. Le vrai progrès, ce serait de manger par le cul.

– La prédiction s'accomplit, a chuchoté Lucien.

– Ouais, ça, ce serait un progrès, a dit le serveur. Un sacré progrès même...

– Ouais, manger par le cul des produits chimiques liquides, voilà le progrès. Ça, ils faisaient pas les rois...

– Ouais, c'est vrai, a dit le serveur.

Et puis heureusement, dès qu'il a eu fini son Coca-Cola, le Pridien s'est dirigé vers la porte.

– Bon allez, j'y retourne, il a dit. C'est trop la fête. Y a un grand char qui a la forme d'une morue et y a un type en haut qui lance des fraises tagada et des petites morues en gélatine. C'est trop génial *over top* !

Il est sorti en faisant mine de danser. Au seuil de la porte, il a encore dit :

– Les bouffeurs de morue sont des fachos ! On aura leur peau !

Et puis il a disparu.

On a tous soufflé en s'essuyant le front. Ana a éclaté en sanglots.

– Putain de putain, a dit Lucien.

– Quelle frousse ! a dit Dulce.

– Depuis l'Angola, j'avais pas connu ça, a dit Pépé.

Nous avons recommandé du vin au serveur. Quand il est venu nous l'apporter, Lucien a dit que c'était super que les morues aient enfin leur fierté et le serveur nous a fait un sourire. On était tiré d'affaire pour le moment. On a continué à boire en parlant à voix basse.

– C'est la prédiction qui s'accomplit, a répété Lucien. Je savais bien que ça arriverait ici. Il va falloir songer à foutre le camp un de ces jours.

– Pour aller où ? a demandé Césario.

– Vers l'Est, il a dit. Il y a des espaces immenses qui ne demandent qu'à être colonisés. La Sibérie nous tend les bras.

On s'est tous mis à rêver autour de la table.

– L'Europe est foutue, a continué Lucien. Il faut la laisser crever dans la fête et reconstruire une civilisation anti-matérialiste. Qu'est-ce que vous en pensez, mes amis ?

– Je suis de la partie, nom de Dieu ! a dit Pépé.

– Il faut créer un mythe de l'Extrême-Est ! a dit Lucien. L'Euro-Sibérie succédant à l'Europe atlantique moribonde !

– Bien dit !

– Un royaume suprême empire !

– Miam miam…

– Une communauté supranationale de chevaliers qui ne devront fidélité qu'à l'Empire !

– Parfaitement !

– Et puis il y a de l'eau, là-bas… Plein d'eau ! L'eau, c'est l'avenir du monde…

– Vive l'eau !

– Hi han ! hi han !

– Mais pourquoi, vous voulez partir ? a demandé Beatriz.

– Un pays en fête, c'est invivable, a répondu Lucien. Et du moment que l'on n'a pas un Gengis Khan capable de remettre les pendules à l'heure…

– C'est qui Gengis Khan ? a demandé Cécile.

– Un pragmatique, il a répondu.

Il s'est tourné vers Pépé :

– Quand il est entré dans Samarkand, tu sais quel a été le premier lieu où il est allé ?

Pépé avait sa main en cornet sur son oreille et il secouait la tête pour montrer qu'il ne comprenait rien du tout.

– Il est allé directement dans la Grande Mosquée ! Là, il a pris le Coran rangé dans un coffre, il l'a jeté par terre et il a rempli le coffre d'avoine pour son cheval. Et tu sais pourquoi il a fait ça ?

– Qui ça ?

– Il a croisé les bras et il a attendu… Et comme il ne s'est rien passé, il en a sagement déduit que le dieu des mosquées était impuissant et il a fait massacrer tous les gens qui croyaient en lui.

Nous hochions gravement la tête. Pépé avait mis sa deuxième main en cornet sur sa deuxième oreille, si bien qu'il commençait à ressembler à un jeune éléphant. Il a réfléchi quelques minutes et il a dit :

– J'ai rien compris.

Je me suis approché de son oreille et j'ai dit :

– C'était un pragmatique, Pépé.

– Qui ça ?

– C'était un Khan océanique, a repris Lucien.

– J'aimerais bien avoir une ferme avec des animaux, a dit Dulce.

– Cultiver des fleurs, a dit Ana.

– Où ça ? a dit Pépé.

– Chasser l'élan, j'ai dit.

– Il faut toujours choisir l'humain contre l'inhumain, a dit Lucien. La guerre contre la fête. N'oubliez jamais que le paradis est à l'ombre des épées.

– En Angola aussi, on chassait parfois, a dit Pépé.

– Oui, mais c'est fini l'Angola, a dit Lucien.

– Mais pourquoi on passe notre vie dans les bistrots ? a demandé Cécile.

* *
*

Lucien disait qu'il fallait se regrouper. Il déménagea ses affaires à la maison, installa son atelier dans la véranda de la maison et prit pour chambre le petit réduit sans fenêtres. Un soir, nous sommes montés dans la forêt de Monsanto, juste en haut de l'avenue qui longeait notre quartier. Il faisait nuit, nous avons traversé la grande route et avons emprunté un petit chemin de terre qui s'enfonçait dans les bois. Lucien ne disait rien. C'est lui qui m'avait proposé de monter dans la forêt alors que je regardais tranquillement la télévision.

– Viens avec moi dans les bois, il avait dit.

– Maintenant ?

– Maintenant.

Je l'avais suivi.

Nous avons marché sur le petit sentier et l'avons soudain quitté pour nous enfoncer dans la forêt sombre et hostile.

– Écoute, Lucien… on voit pas grand-chose…

– Chut, a-t-il répondu.

Nous avons continué à marcher. Les brindilles craquaient sous nos pas et on entendait le cri lugubre d'une chouette au loin. Lucien s'est soudain arrêté. Des petites taches de lumières pâles apparaissaient dans la nuit. L'une d'elles éclairait une partie de son visage et lui donnait l'apparence d'un spectre. Il s'est assis et a commencé à rouler un joint.

– Tu crois vraiment que c'est le lieu pour fumer un joint ? j'ai dit.

– C'est le lieu pour ton premier voyage, il a dit.

Nous avons fumé le joint sans rien dire et la forêt semblait s'agiter autour de nous. Je me retournais sans cesse, avec la sensation désagréable que quelqu'un nous épiait. Soudain, Lucien s'est relevé d'un bond. J'ai voulu faire de même mais il a posé sa main sur mon épaule et a levé la tête.

– Ils arrivent, a-t-il dit.

Je commençais à avoir sérieusement les boules. J'ai dit d'une voix blanche :

– Kiki, Lucien ?

Mais à ce moment-là, une sorte de bourdonnement s'est rapproché de nous, Lucien s'est rassis tout doucement et j'ai eu l'impression que le bourdonnement passait au-dessus de nos têtes, j'avais la bouche toute sèche et mon cœur défonçait ma poitrine.

– Lucien ?

Il avait les yeux fermés, la tête penchée en avant et les bras ballants.

– Tu veux aller où ? m'a-t-il demandé.

– À la maison.

– Fais pas le con, tu veux aller où ?

– Arrête tes conneries…

– Dis-moi où tu veux aller…

– Euh…

– Y a pas quelque chose que tu veux visiter depuis longtemps ?

– Euh…

– Allez, choisis, merde !

J'ai dit au pif :

– Ben, la Maison-Blanche ?

Et alors, là, je dois dire que j'ai eu un sacré choc parce qu'on s'est littéralement envolé et on s'est retrouvé dans les airs ! Je me suis mis à gueuler tout ce que je pouvais ! J'ai demandé à Lucien d'arrêter ses conneries :

– Au secours ! Au secours ! Je vole !

– Ta gueule ! m'a dit Lucien. C'est ton esprit qui vole. Ton corps est tranquillement dans la forêt, peinard.

– Ah, bon ?

– Mais oui, bouffon !

– Ah, mais ça change tout !

– Allez, suis-moi ! a dit Lucien.

J'ai eu tout à coup la sensation d'un grand froid, le vent a claqué dans mes oreilles et on s'est retrouvé *illico* dans le salon de la Maison-Blanche, Washington !

– Putain de merde ! Lucien, c'est pas vrai !

– T'as rien vu, il a dit.

Je me marrais complètement.

– La Maison-Blanche d'Amérique ! Quand je raconterai ça à Ana ! Merde !

J'ai commencé à tout inspecter en sifflant d'admiration. À l'autre bout du salon, une télévision était allumée. Je m'y suis approché et j'ai remarqué un type qui roupillait dans un fauteuil :

– Merde, Lucien, j'ai chuchoté. Regarde là... Faut qu'on se tire !

Il a soupiré d'un air las.

– Écoute-moi bien, il a dit. Présentement, t'es un esprit, O.K. ?

– Ouais.

– Est-ce que tu piges ?
– Ouais, ouais…
– Personne te voit, personne t'entend, O.K. ?
– D'accord…
– T'existes pas…
– D'accord…
– T'es comme un con de fantôme, c'est clair ?
– O.K.
– Un con de fantôme à la Darrieussecq, vu ?

Je me suis rapproché du type au fauteuil sur la pointe des pieds. Fallait que je m'habitue à ne pas exister. Le type dormait la gueule ouverte en ronflant.

– Eh ! Pontifex ! Viens voir un peu ! T'sais qui c'est ?

Lucien s'est approché.

– C'est Bush, il a dit en soupirant.
– C'est dingue !
– Bon allez, on se casse maintenant, a dit Lucien.

Et il s'est éloigné du fauteuil comme un blasé. Mais moi, j'étais tout content, j'avais envie de déconner. J'ai pris un bretzel dans un petit sachet qui traînait sur la table et je l'ai mis devant la bouche de Bush.

– Eh, Lucien, regarde ! j'ai dit.

Et hop, j'ai lâché le bretzel.

– Non !! a gueulé Lucien.

Il m'est tombé dessus comme l'éclair et m'a pris le bras. Mais le bretzel était déjà dans la gorge de Bush.

– C'est pas vrai… il a dit. Je rêve ! Mais t'es le dernier des débiles, ma parole !

Bush s'est réveillé en sursaut et a mis ses deux mains sur sa gorge en crachant. Il devenait rouge et il essayait de gueuler en se tortillant comme une chenille. Il s'est finalement levé du fauteuil en titubant mais il est tombé sur la table basse sur laquelle était posé le sachet de bretzels. Ça a fait un bruit creux, toc, il s'est affalé comme une merde et puis plus rien. Lucien se caressait le cou, la bouche tordue.

– Putain, il a dit. S'il crève, je te raconte pas la merde dans laquelle on est.

– Personne saura que c'est nous, Lucien.

– Y en a un qui sait déjà et qui n'aime pas tellement ce genre de choses.

À ce moment, deux types sont entrés dans le salon en courant. Ils se sont rués sur Bush et l'ont relevé ; l'un d'eux s'est mis à gueuler quelque chose dans son talkie-walkie. Lucien m'a dit :

– Bon, allez viens, on se tire.

Et on s'est tiré, brouououououout, mes oreilles ont sifflé, mais en plein milieu du voyage, Lucien s'est arrêté net et moi avec. Il y avait deux anges assis sur un nuage qui nous attendaient. L'un était habillé en officier, l'autre en cuisinier. Le cuisinier a dit :

– C'est qui, le coup du bretzel ?

– C'est moi, j'ai dit.

L'officier a dit d'un air supérieur :

– C'est une provocation gratuite que nous ne pouvons tolérer.

Lucien a éclairci sa voix.

– C'est sa première sortie, il a dit en me montrant de la main. Il ne savait pas…

– C'est pas une raison, a dit l'ange. Il existe un traité.

– Je sais, a dit Lucien.

– C'est une violation manifeste du traité, a dit le cuisinier.

– Ça va, on se calme, les hermaphrodites... j'ai dit.

– Laisse tomber, a dit Lucien.

– Il est plutôt agressif, a dit le cuisinier en me montrant du menton.

– Bon, écoutez, on s'excuse, a dit Lucien.

L'officier avait un petit rictus qui m'agaçait franchement. Je lui aurais bien volé dans les plumes. Mais à moment-là, deux sortes de bolides sont passés près de nous à la verticale. Ils montaient au ciel en quatrième vitesse. J'ai demandé à Lucien :

– C'est quoi ça ?

– Des turbo-djinns.

– Des quoi ?

– Des Ouala-Ouakbars, si tu préfères, a dit l'officier d'un air blasé.

– Ils se font péter le caisson et ils se dépêchent de monter parce qu'ils imaginent qu'ils vont tringler des centaines de vierges, a dit Lucien.

Les anges ont commencé à se marrer.

– Sauf que c'est que des gros trumeaux qui les attendent là-haut ! a dit le cuisinier.

– Mais ça, ils le savent pas ! a continué l'officier.

C'était la grande bourrée tout à coup, les anges pleuraient de rire et se donnaient des coups d'aile sur les cuisses.

– Tu verrais les thons !

– C'est pourri comme tout !

– On a fait une descente un jour, avec deux escouades, t'aurais vu le tableau : le miel des fontaines est tout dur et collant, le vin qui coule, c'est de la picrate, les vierges sont des vieilles baleines, y'a que le haschich qu'est potable…

– Les Ouala-Ouakbars se font chier comme tout !

– Ils soupirent dans leur coin.

– Ils disent : « Putain ! s'être fait sauter le caisson pour ça ! »…

Ils se bidonnaient comme tout, les anges.

– Y'en a bien chez vous qui se sont fait grignoter par des lions pour moins que ça, a dit Lucien.

– Minute ! a dit le cuisinier. C'est pas pareil du tout !

– Et puis, nous, on a de la gonzesse !

– Sainte Catherine ?

– On a la belle Angèle, a dit l'officier.

– Celle qui se fait des tartines à la peau de lépreux ? Tu parles d'un cadeau !

– On a Blankebin, a dit le cuisinier.

– L'obsédée nonne du prépuce ? Encore une tarée !

– Toute façon, on refuse de parler théologie avec vous.

Il a regardé sa montre.

– Et puis on doit rentrer. On a des choses à faire.

– La comptabilité des âmes ?

– Un bon conseil : essayez de plus faire les cons, ça risquerait de vous attirer des ennuis…

J'ai dit à Lucien :

– Pourquoi on leur rentre pas dedans à ces emplumés ? !

– Écoute, a dit Lucien, c'est plus compliqué que ça… Dans le temps, on en faisait des ratonnades célestes, tu peux me croire. On en a cassé de l'ange… Mais c'est fini tout ça. On a signé une sorte de Yalta cosmique et on s'est partagé le monde. C'est comme ça. C'est pas moi qui décide.

– Alors, c'est la paix ?

– La trêve, a précisé l'officier.

– Alors, calme tes ardeurs, puceau, a dit le cuisinier.

Ils allaient partir quand une sorte de nuage gris est apparu au loin. Il s'approchait de nous à vive allure. Les Anges ont soudain blêmi et se sont mis à trembler de toutes leurs plumes.

– Le ba… le ba… le baba…

– Le baron ! !

Même Lucien a écarquillé les yeux. Il m'a pris l'épaule.

– Nom de Dieu ! Pour ta première sortie, tu vas être servi question spectacle…

Les anges se sont enfuis sans demander leur reste. Ils volaient le plus vite qu'ils pouvaient en poussant des cris plaintifs. Le nuage s'approchait. Une cinquantaine de cavaliers bouriates armés jusqu'aux dents leur fonçaient dessus ; à leur tête un homme grand et sec vêtu d'une tunique rouge en soie par-dessus son uniforme, de grandes moustaches rousses flottant dans l'air. Il avait à la main un grand bâton en bambou et il fixait les Anges d'un regard de dément. Les cavaliers eurent vite fait d'entourer les Anges qui pleuraient à chaudes larmes et demandaient grâce.

– Pitié baron... disait le cuisinier, les mains jointes.

Mais le baron s'est approché de lui et lui a fracassé le crâne d'un grand coup de bambou. La cervelle a jailli hors du crâne, une grande giclée de sang a maculé les plumes de l'officier qui se tenait à côté et qui a tiré son épée. Cinquante flèches l'ont transformé en une seconde en passoire d'ange. Les plumes voltigeaient dans tous les sens ; sur terre, il se mit à pleuvoir.

Le baron vint lentement vers nous. Son regard métallique était effrayant de profondeur. Il flattait l'encolure de sa jument. Il avait une bague au doigt sur laquelle était gravée la croix du koutouktou. Lucien s'apprêtait à parler mais le baron le coupa d'un geste de la main. De l'autre, il montra les angéliques charognes.

– Ces deux salopards de bolcheviks n'ont eu que ce qu'ils méritaient. Moi, je n'ai rien signé du tout et je continuerai la lutte jusqu'au bout.

Sa jument se cabra et les cinquante cavaliers de l'apocalypse partirent au grand galop et disparurent bientôt à l'horizon.

Je me suis épongé le font :

– Nom de Dieu, Lucien ! C'était quoi, ça ?

– Le baron fou... le seul qui ne respecte pas le Traité. Il est persuadé que Jésus et Lénine sont la même personne. Il veut massacrer tous les Anges du ciel et rétablir les dieux antiques sur la terre. Mais l'ennui, c'est que c'est un psychopathe, tu piges ?

Nous continuâmes notre voyage mais au lieu de se retrouver dans la forêt de Monsanto comme je l'avais pensé, nous nous retrouvâmes dans une autre forêt. J'ai dit à Lucien :

– Tu t'es planté de route ou quoi ?

Mais il n'a pas eu le temps de répondre qu'un grand rire résonnait dans la forêt. J'ai regardé autour de moi. Lucien était tout nerveux. Le rire s'est transformé en voix grave :

– Alors, on déconne ? ça a dit.

– Kiki parle, Lucien ?

Il m'a regardé et m'a fait signe de me taire.

– Écoute, Mazil... a dit Lucien. Je suis désolé...

– Note que ça faisait longtemps que je n'avais pas autant rigolé, a dit la voix.

Lucien s'est détendu d'un seul coup.

– C'est Romain, il est comme ça. C'est un blagueur... il a dit en riant jaune.

– Oui, mais maintenant c'est fini les blagues.

– Bien sûr, a dit Lucien.

– Surveille-le un peu, ton novice... a dit la voix.

– Bien sûr, Mazil, a dit Lucien.

– Vous pouvez partir maintenant. Un petit cadeau t'attend.

– Merci Mazil, a dit Lucien.

– Au revoir, monsieur Mazil, j'ai dit.

Et brououout, on s'est retrouvé assis dans la forêt de Monsanto. Le bourdonnement s'est éloigné de nous. J'ai demandé à Lucien combien de temps on était parti. Il a dit :

– Une demi-seconde à peu près.

Nous nous sommes relevés et nous avons marché en direction du petit sentier. J'étais tout détendu maintenant. Je rigolais dans mon coin.

– Il est sympa, Mazil, j'ai dit.

– Ça dépend des jours, a répondu Lucien.

– Je me suis bien marré…

– Un peu trop même…

– Non, vraiment, c'était sympa comme tout… bon, évidemment, j'aurais préféré me faire les Anges moi-même mais bon…

– Ne les sous-estime pas, camarade…

– Ça m'a quand même pas l'air d'être des caïds, Pontifex.

– Certains ne sont pas si nuls…

Juste avant le sentier, nous avons croisé deux putes adossées à un arbre. Elles nous ont souhaité le bonsoir. Lucien m'a demandé si je voulais qu'il me présente à sa femme. J'ai dit oui et Lucien a choisi la pute la plus jolie, m'a laissé l'autre et m'a surtout laissé régler les 10 000 escudos.

– Tu parles d'un cadeau, j'ai dit.

Nous nous sommes placés chacun d'un côté de l'arbre et avons commencé à les tringler debout, contre le tronc. Et puis Lucien m'a dit de le suivre et nous nous sommes envolés, mes oreilles ont bourdonné et nous nous sommes retrouvés sur un nuage où une superbe fille avec des longues tresses attendait Lucien dans une pose lascive. À peine arrivés, elle lui a sauté dans les bras et Lucien l'a embrassé tendrement.

– Je te présente ma femme, a-t-il dit.

– Mes hommages, madame, ai-je dit en m'inclinant légèrement.

Ils se sont cachés dans un petit creux du nuage et Lucien s'est mis à la besogner pendant que je regardais un peu autour de moi, avec la vague impression de tenir la chandelle. J'ai alors vu un type énorme qui lisait le *Wall Street Journal* à l'autre bout du nuage ; je me suis approché de lui et lui ai tendu la main.

– Romain Valurin, enchanté.

Le type m'a tendu une main nonchalante :

– Niourgoun le Yacoute, a-t-il répondu.

Je l'ai regardé. Il était torse nu, des seins de graisse et un bide de Bouddha.

– Ah, c'est vous ! Je vous connais, Lucien m'a parlé de vous.

– Ouais, c'est moi, et alors ?

– C'est plutôt tranquille ici, n'est-ce pas ?

– Et alors ?

– C'était juste pour causer.

– J'ai pas envie de causer, a dit Niourgoun.

– Bon, bon, très bien.

Il s'est replongé dans son journal. Je me suis éloigné un peu et me suis assis en soupirant. J'ai allumé une cigarette en contemplant l'horizon. Parfois, je regardais discrètement en direction de la grosse sacoche. Il n'arrêtait pas de bâiller, puis il a posé son journal, s'est couché sur le dos et s'est endormi aussi sec.

Je commençais à me faire sérieusement chier quand le nuage s'est mis à trembler ; des cris parvinrent du coin où Lucien tringlait sa femme. J'ai à peine eu le temps d'entendre Lucien me dire « On y va » que je me suis retrouvé contre mon arbre à tringler une fille dans la nuit avec Lucien derrière qui venait de jouir et s'était laissé tomber par terre, recroquevillé comme un fœtus.

– Merde ! a dit la fille d'un air épouvanté.

– Vous inquiétez pas, j'ai dit. C'est rien du tout. C'est un cérébral.

Les deux filles se sont enfuies en courant et j'ai attendu que Lucien revienne à lui pour lui dire ce que je pensais de son beau-frère :

– C'est un gros malpropre, c'est tout.

– Il est brisé… il se fait chier depuis qu'il est remonté dans le Monde du Haut-le-ciel. Il ne faut pas lui en vouloir.

– N'empêche, c'est pas une raison. C'est un gros malpropre je te dis.

– Allez, viens, on rentre, je suis crevé.

Nous sommes rentrés alors que l'effet du joint commençait à se dissiper. Tout le monde était couché et je suis allé dans ma chambre après avoir souhaité la bonne nuit à Lucien. Ana lisait un magazine. Je me suis déshabillé. Je lui ai dit :

– Si je te dis que j'ai failli tuer le président des États-Unis tout à l'heure.

Elle a posé son magazine au pied du lit :

– Tu devrais arrêter de fumer la merde à Lucien.

– Si je te dis que j'ai assisté au meurtre sauvage de deux anges dans le ciel.

Elle a éteint la lumière et s'est enroulée dans les couvertures en me tournant le dos :

– Tu devrais *vraiment* arrêter.

Je suis resté éveillé longtemps dans la pénombre, et puis une épidémie chienne s'est déclarée et j'ai mis la tête sous les couvertures en miaulant tout doucement.

⋆ ⋆
⋆

Le lendemain, c'était un lundi, je suis arrivé en retard au boulot. Par le talkie, Lucien s'est moqué de moi.

– Alors ? Tu t'es pas réveillé. Quel dormeur, ma parole !

J'ai appuyé sur le bouton du talkie :

– Dis-moi, Lucien, hier soir, dans la forêt, il s'est passé des choses bizarres, non ?

– Bizarres ?

– Ouais, bizarres…

– Ben, je sais pas… La seule chose bizarre, c'est que tu m'as payé une pute…

– Y a pas autre chose ?

– Je vois pas…

– Cherche bien…

– Qu'un mec qui vit avec sa femme et sa maîtresse aille aux putes, c'est bizarre ?

– Autre chose.

– Tu t'es endormi dans la forêt, c'est bizarre, ça ?

– Répète ?

– Tu t'es endormi quelques minutes contre un arbre après avoir fumé.

– O.K., j'ai dit. Tout va bien. Bon, allez, je change de fréquence…

J'ai allumé une cigarette, pris mes jumelles et regardé le monde qui m'entourait avant de me mettre au boulot en ricanant.

Trois heures plus tard, c'était déjà la pause de midi. On s'est assis sur les engins encore chauds et on a commencé à manger. João est arrivé avec une bouteille de bière. Il rigolait tout seul.

– Vous avez écouté la radio ? il a dit.

On a fait non de la tête.

– Ce crétin de Bush a failli s'étouffer en avalant un bretzel de travers, hier !

Tout le monde a éclaté de rire. Je me suis étouffé avec mon sandwich et je suis tombé de l'engin sur lequel j'étais assis, me blessant au front.

* *
*

Après un début d'automne frais, une vague de chaleur avait envahi l'Europe et principalement les pays du Sud, dont le Portugal. Je suis pourtant tombé malade et j'ai dû garder le lit quelques jours. Lucien est venu me voir dans ma chambre. Il m'a dit :

– Prends la petite chambre pour sept jours. C'est plus prudent.

Dulce s'est donc installée dans ma chambre et j'ai pris la sienne. Lucien refusait d'appeler un médecin. Il restait des heures entières avec moi, assis sur une chaise, sans rien dire, à me regarder. J'avais des poussées de fièvre. Il interdisait l'entrée de la chambre à qui que ce soit. Une nuit, alors qu'une épidémie chienne s'était déclarée, Lucien s'est levé et m'a dit :

– Je dois maintenant te laisser seul.

J'ai voulu lui demander de rester mais je n'avais plus la force de parler, je dégoulinais de sueur et je tremblais, je passais un sale quart d'heure. Lucien a laissé la petite lumière allumée et quitté la pièce en silence. J'avais de l'écume aux lèvres. J'ai essayé de lever la main mais je n'y suis pas parvenu. J'entendais les chiens, j'avais l'impression qu'ils se rapprochaient de ma chambre, j'ai fermé les yeux un instant, je les ai rouverts, deux chiens étaient assis au pied de mon lit et me fixaient de leurs grands yeux. J'ai essayé d'appeler au secours mais aucun son ne sortait plus de ma bouche.

– Bonjour, a finalement dit un des deux chiens, nous sommes Khardas…

– … et Biotos, a continué le second…

– … nous sommes tes serviteurs…

– … et nous resterons avec toi tout le temps que cela durera…

– … pour veiller à ce que tout se déroule proprement…

J'avais les yeux grands ouverts et les regardais avec terreur. Ils se sont levés et sont allés se coucher à côté de la chaise vide de Lucien. Biotos a soupiré lourdement. Il a dit :

– On va t'attendre ici si ça ne te dérange pas…

– … car les voilà qui arrivent, a ajouté Khardas.

Un gros bourdonnement a soudain envahi la chambre et je me suis retrouvé sur un poulain ailé qui m'entraînait vers le pays supérieur. Je me cramponnais à sa crinière, j'avais froid et j'en avais plein le cul de ces nouvelles conneries. Il s'est arrêté sur une branche d'un arbre infini, m'y a déposé et il est reparti. Sur les branches, il y avait des nids et dans chaque nid, l'esprit d'un chaman. Un vieux corbeau mal emplumé est venu me voir et m'a indiqué le mien.

– Le troisième à gauche. Restez pas sur la branche, ça fait désordre.

Je suis rentré dans le nid, j'ai mis les deux mains sur le rebord et j'ai regardé au loin. Il y avait des nids à perte de vue, en haut, en bas, à droite, à gauche.

– Celui de Pontifex est beaucoup plus haut dans l'arbre, a dit une voix.

Je me suis retourné et j'ai vu un élan debout sur la branche.

– Bonjour, Maman l'élan, j'ai dit.

– Tu sais qui je suis ? a demandé l'élan.

– Oui, vous êtes l'esprit de ma mère-animal.

– Bien… elle a dit d'un air admiratif. Très bien. Autant faire vite dans ces conditions. Tu vas redescendre tout de suite et nourrir le malheur humain avant de renaître de tes cendres.

– Comme Jésus ? j'ai demandé.

Maman l'élan a soupiré.

– Oublie Jésus, tête de nœud.

Le poulain est revenu et m'a ramené dans mon lit. J'avais soif et j'ai voulu me lever pour chercher de l'aide mais j'étais complètement paralysé à présent.

– C'était plutôt rapide, a dit Khardas.

– Tant mieux, a ajouté Biotos.

– Mais c'est pas fini, a dit Khardas.

– C'est maintenant que ça risque d'être pénible, a dit Biotos.

– Mais il faut bien passer par là, a continué Khardas.

– D'autant que tu as été élu, a dit Biotos.

Et puis Khardas a tendu l'oreille.

– Je crois que cette fois-ci, c'est bon, il a dit.

Un autre bourdonnement a envahi la chambre, encore plus énorme, et je me suis débattu dans tous les sens en essayant de crier. Mais les démons m'ont immobilisé à plat sur le dos et ils ont immédiatement commencé le dépècement. Celui qui me tenait la tête me tirait la langue en rigolant. Il a dit :

– Nous sommes les Abassy à l'œil unique. Dans le fond, on est des petits rigolos.

Un démon a sorti un crochet en fer et l'a planté dans l'articulation de mon bras gauche. Il a tourné comme une brute jusqu'au moment où mon avant-bras s'est détaché. Je hurlais en silence. Il a fait pareil pour le bras droit puis pour toutes mes articulations. Je pleurais toutes mes larmes et Khardas et Biotos me regardaient d'un air triste.

– Je t'avais prévenu, a dit Biotos.

– Mais ne t'inquiète pas, on surveille que tout se déroule proprement, a dit Khardas.

Un démon s'est approché de mon cou avec une scie métallique. J'essayais de tourner la tête, de me débattre, de supplier mais c'était impossible. Il a appliqué la scie sur mon cou et le sang a giclé sur ma poitrine et la douleur était insupportable et le démon sciait tout en causant avec Khardas et Biotos :

– Ça va, les cabots, ze connais mon boulot, disait-il.

Les autres démons goulus se marraient et le démon sciait. Le sang giclait de plus en plus. Tout à coup, mon corps a vibré, j'ai entendu le bruit de l'os que la scie venait d'attaquer et le démon a mis les deux mains sur la scie en se plaignant :

– C'est touzours moi qui scie. Z'en ai marre.

Ma tête s'est alors détachée et le démon a posé la scie sur ma poitrine et a saisi la tête pour la poser sur la petite étagère où Dulce rangeait ses livres, face au lit. Je voyais mon corps démantibulé et rouge de sang posé sur le lit, sans tête, j'avais pitié de moi, je pleurais et mes larmes coulaient le long de l'étagère. Avec des longs couteaux bien acérés, les démons détachaient maintenant la chair de mes os par petits bouts et ils essayaient de récupérer le sang qui s'échappait de partout en posant mes membres dans des petites bassines. Au pied du lit, il y avait un amoncellement de chair qu'ils se sont finalement distribué en parts équitables et qu'ils ont bouffé en quelques minutes en grognant comme des sauvages.

– Ta chair est partagée entre tous les genres du malheur humain, a dit Biotos.

J'avais envie de vomir et les démons prenaient les os rouges de sang et les lavaient puis les grattaient pour enlever complètement les petits bouts de chair restés attachés et les rendre blancs. Un de ces demeurés des ténèbres nettoyait même un os avec un pinceau et soufflait dessus comme un archéologue.

Tout ce travail a duré des heures et des heures, peut-être des jours et des jours et à la fin, tous les os ont été posés par terre et les démons se sont mis à les compter. Quand ils ont eu fini, l'un d'eux s'est tourné vers ma tête et a dit :

– Il en manque un. Ce qui signifie une vie en moins.

Khardas se grattait derrière l'oreille, Biotos dormait et un démon rota tandis qu'un autre se fouillait le nez. Le petit rigolo s'approcha de ma tête et me dit :

– Maintenant, on doit tout remonter sans se planter. Si on se plante, t'auras les doigts de pied à la place des mains.

Tous les dégénérés éclatèrent d'un rire méchant et certains se tenaient les côtes tandis que les autres essuyaient les larmes de leur unique œil et c'est à ce moment-là, je crois, que ma tête est tombée de l'étagère à livres de Dulce.

* *
*

Lucien était à mon chevet ainsi qu'Ana en larmes qui m'épongeait le front.

– Il a fait une hémorragie. Il faut appeler un médecin, suppliait Ana.

– C'est fini maintenant, a dit Lucien.

– Mais tout ce sang... disait Ana.

– On en a plein du sang, a dit Lucien.

J'ai ouvert les yeux et, sans savoir pourquoi, j'ai chuchoté :

– Vous m'avez condamné au malheur, vous avez altéré ma destinée...

Lucien a posé la main sur mon front. Il a dit à Ana :

– Il parle. Il est guéri, je te dis.

– Khardas ? Biotos ? j'ai dit.

– Kesse qu'il dit ? a demandé Ana.

– Il délire encore un peu mais il est guéri, je te dis. Romain, montre tes dix doigts, a demandé Lucien.

J'ai péniblement levé mes deux mains et j'ai écarté mes dix doigts devant Lucien et Ana qui ont souri d'un air niais.

* *
*

– On peut dire que tu nous auras foutu les boules ! a dit Dulce.

– Ça, on peut le dire ! a dit Ana.

J'étais assis dans le transat avec une couverture sur les genoux. J'étais resté trois jours entiers complètement inconscient sans manger ni boire, entre la vie et la mort. J'avais perdu du poids et beaucoup de sang, si bien que j'étais encore pâle et faible.

– J'ai fait des cauchemars épouvantables, j'ai dit.

– C'est normal quand on a la fièvre, a dit Dulce.

– C'est à cause des chiens du quartier, j'ai dit.

– D'ailleurs, je sais pas ce qui leur a pris, a dit Ana. Ils ont pas arrêté de gueuler pendant que t'étais malade. C'est à croire qu'ils le faisaient exprès, ces cabots.

– Ils ne le faisaient pas exprès, Ana, ai-je répondu sèchement.

– Quand même, il a exagéré, Lucien, de ne pas vouloir appeler un médecin, a dit Dulce.

– Il avait sûrement ses raisons, j'ai dit.

– Ouais, mais si t'y étais passé… a dit Ana.

– J'y suis pas passé, j'ai dit.

– N'empêche… a dit Dulce.

Je suis allé me coucher vers les dix heures, fatigué et convalescent. Lucien s'était levé du sofa et m'avait serré dans ses bras pour me souhaiter la bonne nuit.

Mais une heure plus tard, un fantastique orage a éclaté et m'a réveillé. À travers les volets, je voyais la lueur des éclairs qu'accompagnait instantanément le fracas du tonnerre. Je me suis levé et suis retourné au salon. Cécile, Ana et Dulce étaient tranquillement assises sur le sofa et regardaient un film à la télévision. Je me suis assis sur une chaise et j'ai allumé une cigarette. La pièce était éclairée par les reflets mouvants de la télévision que venait parfois perturber la lumière criarde des éclairs.

– Lucien dort ? j'ai demandé.

– L'est sorti, a dit Ana, sans quitter la télévision des yeux.

– Sorti ?

– L'a dit qu'il avait à faire un truc.

– Quel truc ?

Elle a fait une moue des lèvres pour montrer qu'elle n'en savait rien.

– Il a parlé d'équilibre cosmique, a dit Cécile d'un air las.

– Il nous a embrassées sur le front et nous a dit qu'il fallait prendre soin de toi, ou un truc comme ça, a dit Dulce.

J'ai écrasé ma cigarette, je suis allé m'habiller dans la chambre et suis sorti à mon tour.

– Par ce temps, tu ferais mieux de rester ici, a dit Ana.

J'ai claqué la porte d'entrée. Dehors, c'était l'apocalypse. J'avais à peine descendu la rue 4 de quelques mètres que j'étais complètement trempé. Il faisait nuit noire et le vent de la mer m'empêchait presque d'avancer. À la sortie du quartier, au-dessus du cimetière, deux chiens étaient assis sous l'arrêt de tram et me regardaient avec des yeux ronds. Je les ai regardés à mon tour, me suis arrêté et j'ai finalement changé de trottoir sans les quitter des yeux. J'ai descendu la *calçada de ajuda*. La pluie torrentielle rebondissait sur les pavés, un petit ruisseau s'était formé au milieu de la chaussée et courait vers le fleuve. Je suis allé jusqu'à la grille du chantier. Sur la gauche, le grillage, légèrement tordu, permettait à un corps de se faufiler, ce que j'ai fait. Il faisait encore plus noir dans le chantier qu'aucun lampadaire n'éclairait. Je suis resté quelques minutes de l'autre côté de la grille à tendre l'oreille mais à part la pluie et le tonnerre, je n'entendais rien. J'avançais à tâtons et me dirigeais vers la grue de Lucien, avec pour seuls guides la connaissance parfaite que j'avais du chantier et les éclairs qui me fournissaient les instantanés dont j'avais besoin. Je savais qu'il me fallait tourner sur la gauche après l'engin de Césario qui apparut bientôt l'espace d'une seconde, blanc, figé, absurde et démesuré. Je l'ai contourné, pataugeant dans la boue, pour m'arrêter finalement au tracto-pelle garé à une dizaine de mètres de la grue. J'entendais à présent le ronronnement du moteur et en tendant bien l'oreille, j'entendais également le bruit du chariot qui se déplaçait sur la flèche. Un éclair a soudain déchiré le ciel et la grue est apparue dans toute sa majesté et j'ai cru voir une ombre tout en haut, dans la cabine de pilotage. Un autre éclair m'a permis de voir le treuil, à peu près en milieu de flèche, qui descendait tout doucement. Mes mains en porte-voix devant ma bouche, je me suis mis à gueuler :

– Pontifex ! Pontifex !

Mais le bruit de la pluie et celui du moteur couvraient ma voix. J'ai rebroussé chemin jusqu'à la baraque du contremaître, à l'entrée du chantier. La porte était fermée à clé et j'ai dû donner trois coups de pied dans la serrure pour qu'elle cède. Je suis allé derrière le bureau, j'ai cherché le placard en tâtonnant, je l'ai ouvert et j'ai pris le talkie-walkie que j'ai mis sous ma veste avant de ressortir et de retourner au tracto-pelle. Plus fort que les autres bruits de la grue, j'entendais à présent un bruit régulier et sourd de ferraille sans pouvoir l'identifier. Je m'étais abrité à l'intérieur du tracto-pelle et je cherchais la fréquence de Lucien quand j'ai compris, grâce à un éclair un peu plus long que les autres : Lucien promenait son crochet sur le toit de la pelleteuse à chenilles, essayant de l'accrocher et se guidant certainement aux éclairs, lui aussi. Je tournais fébrilement le bouton du talkie en multipliant les appels. Je suis finalement tombé sur sa fréquence. J'ai approché le talkie de ma bouche :

– Pontifex ? ! Réponds !

Sa voix est sortie de l'appareil :

– Je savais que tu viendrais, *amigo*...

– Arrête de faire le con et descends immédiatement, j'ai dit.

– C'est l'ordalie finale, camarade...

– Envoie-moi le monte-grutier...

– Pas question, il a dit. Toi, tu restes.

– Toi aussi, tu restes, Lucien !

– On verra bien. Tiens, écoute-moi ça.

Au même moment, j'ai entendu une sirène couvrant le bruit de la pluie sur la carlingue du tracto-pelle. C'était l'anémomètre que Lucien venait de brancher. Le rire de Lucien est sorti de l'appareil :

– Tout à l'heure, il a indiqué 140.

– Merde !

L'appareil s'est tu. Un éclair illumina le chantier et Lucien en profita pour repérer l'endroit exact où il devait fixer son crochet, si bien que quelques minutes plus tard les bruits sourds cessèrent tandis que le moteur prit la relève et que Lucien commençait à lever sa charge infernale. Je pressentais exactement ce qui allait se passer. J'ai dit calmement :

– Lucien, ça ne tiendra jamais et tu le sais parfaitement.

– La physique est une croyance d'imbécile, mon vieux. Ce que je veux, c'est que ça tienne *dans la métaphysique...*

Il continuait à lever sa charge. Le spectacle inouï d'une pelleteuse sur chenilles flottant dans les airs s'offrait à moi le temps d'un éclair et disparaissait immédiatement dans les ténèbres infinies. Lucien s'est remis à gueuler :

– C'est toi, Pontifex ! dorénavant.

J'ai gueulé à mon tour :

– Non, c'est pas moi !

– Main gauche en haut, main droite à droite, camarade...

Le chariot avait commencé à se déplacer vers le bout de la flèche.

– T'es le meilleur grutier, Pontifex, j'ai dit.

– Peut-être bien...

– Le vent est de plus en plus violent, tu n'y arriveras pas.

– Il le faut pourtant bien, mec.

Et puis j'ai vu son ombre soudain, dans un éclair : il était debout dans la cabine. Il s'est mis à gueuler dans le talkie :

– J'y retourne à présent ! On se reverra ! La seule chose que l'on puisse souhaiter...

Mais la grue craquait de partout dans une débauche de bruits métalliques et je n'entendais plus rien. La pelleteuse sur chenilles glissait vers l'avant de la flèche en dansant dans la nuit et soudain la foudre est tombée en plein sur la grue qui s'est illuminée quelques secondes de haut en bas. J'ai immédiatement appuyé sur le bouton de mon talkie :

– Lucien ? ! Lucien ? !

Ça ne répondait plus.

– Lucien ? !

Et puis j'ai ajouté à voix basse et hors talkie :

– Descends, s'il te plaît.

Le chariot continuait d'avancer vers le bout de la flèche et la pelleteuse y était presque arrivée quand un éclair s'est à nouveau abattu sur la grue qui s'est alors mise à basculer vers l'avant, au ralenti, dans un silence d'apocalypse. Au moment où elle a touché le sol, tout a craqué et le métal hurlant a explosé et s'est répandu un peu partout dans le chantier et au bout d'une minute, tout était à nouveau calme et je n'entendais plus que la pluie sur le toit du tractopelle dans lequel j'étais réfugié. Mais déjà l'orage s'éloignait et seuls quelques éclairs retardataires déchiraient encore le ciel ; et à l'endroit où quelques minutes auparavant trônait la grue de Lucien, il n'y avait à présent plus rien du tout. La nuit, la pluie et un certain silence, c'est tout.

11

Douze ans plus tard — la tempête, cette nuit-là — le corps de Lucien a disparu — la pluie qui tombe — Khardas et Biotos — le chantier est terminé — Pépé est mort — Dulce s'est suicidée — déménagement — naissance d'une fille — on se tire — la Russie — dans le train — des cavaliers mongols — un cavalier en particulier — qui disparaît dans le lointain.

Douze ans s'étaient écoulés depuis l'accident. C'est à l'aube seulement que le désastre avait été découvert et le chantier était resté fermé pendant trois jours, le temps de démonter la grue de Lucien et d'évacuer les engins brisés. La tempête avait fait beaucoup de dégâts dans la ville et trois personnes en étaient mortes. On n'avait pas retrouvé le corps de Lucien et je supposais que la foudre l'avait désintégré complètement et je n'avais rien dit à personne de ce qu'il s'était réellement passé cette nuit-là. La grue tombée et l'engin déplacé d'une vingtaine de mètres étaient devenus les symboles de la force de la tempête qui avait frappé Lisbonne et les journaux en avaient parlé en première page. Au bout d'une semaine d'absence de Lucien, le chef de chantier avait alerté la police qui avait lancé une enquête. J'avais été interrogé et j'avais répondu que je ne savais rien du tout et Lucien avait été porté disparu.

J'étais resté des heures dans la cabine du tractopelle, grelottant de froid, à écouter la pluie tomber dans la nuit, le talkie grésillant posé sur le tableau de bord. En puis, en remontant, j'avais croisé les deux chiens assis au même endroit, je m'étais approché d'eux, je m'étais baissé et je les avais caressés longtemps.

Le chantier s'était achevé juste avant l'hiver et j'avais alors trouvé du travail dans le chantier naval de Lisbonne. Au printemps suivant, j'avais commencé un autre chantier situé à l'autre bout de la ville et j'ai vite pris du galon parce que j'étais devenu un pro de la grue.

Pépé est mort quelques mois après en regardant la télévision, Mémé était venue le chercher pour dîner, elle avait dit « Allez, Pépé, faut bien manger », mais Pépé était resté assis sans bouger, les yeux ouverts et Mémé l'avait touché du bout des doigts et elle s'était effondrée en sanglots.

On est resté cinq ans dans la petite maison jusqu'au jour où Dulce a décidé de repartir à la pension où elle s'est pendue une semaine après son déménagement.

J'avais mis un peu d'argent de côté et nous avons acheté une petite maison vers Campo Grande dans laquelle est née une fille qu'on a prénommée Dulce. On est resté presque huit ans dans cette nouvelle maison et un beau jour on l'a vendue, ainsi que tout ce que l'on possédait et on a acheté trois billets d'avion pour Moscou et de là, on a pris un train pour Irkoutsk et d'Irkoutsk, on est remonté au nord du lac d'Angara et on a acheté une ferme à la lisière de la taïga.

Dulce avait six ans et le train la fascinait. Elle restait des heures à la fenêtre à regarder les paysages rouges et infinis. Nous avions le compartiment pour nous trois et je somnolais en face d'Ana quand Dulce m'a appelé :

– Papa, regarde ! Des cavaliers !

Je me suis levé. Des cavaliers mongols ou tatars étaient en effet juchés sur des petits chevaux et galopaient le long du train. Dulce leur faisait des signes de la main mais les cavaliers ne répondaient pas. Ana s'est levée à son tour pour regarder le spectacle et tous les trois serrés, le visage fouetté par un vent frais, nous nous sommes mis à rire brutalement.

– Regarde, il y en a un qui n'a pas les yeux bridés ! a dit Dulce.

J'ai regardé dans la direction qu'elle m'indiquait et j'ai vu un cavalier en retrait qui avait en effet un type européen.

– C'est peut-être un colon comme nous ! ai-je dit en riant.

Mais Ana est devenue soudain très pâle. Elle s'est éloignée de la fenêtre et s'est assise sur la banquette en respirant fort. Je me suis précipité vers elle pour lui demander ce qu'elle avait, mais elle a simplement levé les yeux et m'a regardé avec terreur. Je me suis rué à la fenêtre. Le cavalier a tiré la bride de son cheval et s'est enfoncé tout seul dans la prairie. Il s'est retourné comme un archer mongol et j'ai cru le voir esquisser un sourire. Il galopait vers l'infini et je l'ai suivi des yeux sans rien dire jusqu'à ce qu'il devienne un point à l'horizon pour finalement disparaître complètement. Je me suis rassis. Ana pleurait en silence et je l'ai prise dans mes bras.

Cet ouvrage a été composé par
Atlant'Communication
aux Sables-d'Olonne (Vendée).

Achevé d'imprimer en novembre 2005
dans les ateliers de
la Nouvelle Imprimerie Laballery

N° d'imprimeur : 511218
Dépôt légal : janvier 2006

Imprimé en France